LE POULPE

LISIER DANS LES YEUX

ISBN : 2-84219-227-3
ISSN : 1265-986X

LE POULPE

franck resplandy

LISIER DANS LES YEUX

LE POULPE

ÉDITIONS BALEINE

Du même auteur :

Liberté d'expressions, Éditions Hors Collection, 1995
Ex Corpore, Éditions Pétrelle, 1999

E.mail : resplandy@infonie.fr

À Vladimir et Cindy qui m'ont couvé du regard

« Eh bien, je me présente pour défendre l'homme, cette fois ; moi, le contempteur de toutes les vertus ; moi, celui que n'a pas pu oublier le Créateur depuis le jour glorieux où [...] j'appliquai mes quatre cents ventouses sur le dessous de son aisselle, et lui fis pousser des cris terribles... [...] Quel ne fut pas son étonnement, quand il vit Maldoror, changé en poulpe, avancer contre son corps ses huit pattes monstrueuses, dont chacune, lanière solide, aurait pu facilement embrasser la circonférence d'une planète. »

Lautréamont
Les Chants de Maldoror

juin 1996

Un meurtre atroce se commet

Mathurin Talbourdet se sentait le plus heureux des hommes.

Installé comme un prince au volant de sa vieille 4L, il regardait tantôt la route qu'éclairaient faiblement les phares fatigués, tantôt le visage de sa bien-aimée assise à ses côtés, manquant chaque fois de rouler dans le fossé.

Le dîner d'anniversaire dans la crêperie Breizh Izel avait été joyeux et copieusement arrosé de nombreux bols de cidre. Mathurin Talbourdet tout à sa joie de célébrer l'événement avait certainement bu plus que de raison. Mais bon sang, trois mois… trois mois qu'il avait rencontré sa belle, ça méritait bien qu'on fasse un peu la fête, non ! Ah ! le visage radieux de Marie-Annick lorsqu'il lui avait offert la bouteille de parfum de Paris. Il s'en souviendrait toute sa vie.

Sur le moment il n'avait pas su trouver les mots pour lui parler mais là maintenant, c'est sûr, il allait y arriver.

Il tortilla plusieurs fois sur le siège sa forte carcasse de paysan breton puis, enhardi par son ébriété, il respira un grand coup et se tourna vers l'objet de tous ses désirs :

– Écoute, Marie-Annick, tu connais mon sentiment pour toi. Je crois que je ne te déplais pas trop non plus, alors voilà, tu n'es pas obligée de me répondre tout de suite, mais ça me plairait bien que tu viennes habiter à la ferme. J'en ai parlé à la mère, elle est d'accord. Pour elle tu fais déjà partie de la famille…

La longue fille blonde au visage maigre le fixa interloquée puis détourna brusquement la tête contre la vitre. Ses yeux trop maquillés se voilèrent un instant d'émotion.

– La vie n'est pas facile en ce moment, poursuivit le solide gaillard, mais j'ai une belle exploitation, des bêtes en bonne santé et le travail ne me fait pas peur. Tu connais aussi mes projets de développement… Je crois qu'on pourrait être heureux tous les deux… Qu'est-ce que t'en penses ?

Marie-Annick se mordit la lèvre en fixant ces champs baignés d'obscurité qu'elle haïssait tant et lui répondit d'une voix absente.

– Je n'ai pas les idées très claires ce soir, Mathurin. Je préfère qu'on parle de tout ça demain matin à tête reposée si tu veux bien. Et conduis un peu plus droit ou tu vas nous mettre dans les décors !

Mathurin sentit comme un frisson lui parcourir le dos. Il s'attendait à n'importe quelle réaction mais pas à ce ton détaché. Jamais sa bien-aimée ne lui avait parlé comme ça.

Tout s'embrouillait dans son esprit.

Il croisa furtivement le regard de Marie-Annick,

mais au lieu du réconfort espéré, il crut lire une lueur de froide méchanceté. Se pouvait-il qu'il se fût trompé à ce point ? L'être qu'il chérissait le plus au monde n'était quand même pas... Non. Il chassa rapidement cette pensée de son esprit, se concentra sur la route et ne dit plus mot jusqu'à l'arrivée dans la cour de la ferme. Marie-Annick avait sans doute raison, on y verrait plus clair demain.

Sous l'emprise de l'alcool et du trouble qui l'habitait encore, Mathurin ne remarqua même pas l'absence du fidèle Mouki, un berger belge qui d'habitude ne manquait jamais le retour de son maître. Il ne distingua d'ailleurs pas davantage la BMW noire garée une dizaine de mètres en contrebas du chemin de pierre.

À peine eut-il fait quelques pas vers le corps d'habitation que deux larges silhouettes s'abattirent sur lui et l'entraînèrent en direction de la grange en le rouant de coups.

– Bon Dieu ! hurla Mathurin à Marie-Annick, c'est pas vrai, t'étais donc de mèche avec eux...! J'aurais dû m'en douter que t'étais avec ces fumiers... Comment t'as pu me faire ça ? On n'était pas bien tous les deux...?

Marie-Annick était livide. Elle alluma une cigarette pour tenter de vaincre sa nervosité.

À l'intérieur de la grange se trouvait un troisième homme qui actionna l'interrupteur général.

Mathurin Talbourdet le reconnut sans peine.

– Goubels ! salopard...! tu finiras bien par payer un jour... vermine !

L'individu ainsi désigné resserra avec soin la

sangle de son manteau de cuir et éclata d'un rire mauvais.

– Quelle grossièreté mon ami, soignez un peu votre langage, je vous prie. Dois-je vous rappeler que nous n'avons pas gardé les cochons ensemble ?

Il s'approcha de sa victime et l'empoigna violemment par le col de la chemise.

– Espèce de minable, t'imaginais quand même pas nous tenir tête comme ça pendant des mois ? Tu voulais du biologique, tu vas en avoir maintenant... Allez les jumeaux, à vous de jouer.

La paire de brutes à la face rubiconde entraîna Mathurin qui se débattait comme un beau diable jusqu'à la fosse à purin au fond de la grange.

– Pauvre type ! reprit en ricanant Goubels, comment t'as pu croire qu'un cul-terreux comme toi pouvait plaire à ce genre de fille ?

En disant cela, il attira à lui Marie-Annick, tétanisée, et lui malaxa lourdement la poitrine avant de l'écarter sans ménagement.

– À la une, à la deux, à la trois...!

Malgré ses cris et ses supplications, les deux individus, hilares, précipitèrent Mathurin dans le liquide jaunâtre et malodorant.

– On est peut-être des fumiers, Talbourdet, ironisa leur chef, mais en attendant c'est toi qu'es dans la merde, et jusqu'au cou !

Comme Mathurin ne daignait pas couler à pic, les molosses se saisirent de râteaux pour le maintenir immergé. Suprême cruauté : ils le laissaient venir chercher un peu d'air à la surface puis, l'instant d'après, lui replongeaient la tête dans l'immonde substance. Ce petit jeu semblait beaucoup les amuser.

– Za me rappelle quand on était mômes, fit l'un, tu te zouviens, frérot, quand on noyait les petits zats dans une bazzine ?

– Ch'était le bon temps, ajouta l'autre.

– Finissons-en ! trancha Goubels, ça n'a que trop duré. Demain je dois me lever tôt.

Les deux bourreaux appuyèrent fermement sur leur manche de bois et les dernières bulles crevant à la surface de la fange attestèrent bientôt que les poumons de Mathurin, gorgés de lisier, avaient cessé de fonctionner.

Le Poulpe entre en scène

– Salut le Poulpe ! T'as pas l'air d'avoir la frite ce matin...!

Le corpulent patron du Pied de Porc se lissa la moustache et serra chaleureusement la main du nouvel arrivant.

– Tu ne peux pas mieux dire, Gérard, répondit Gabriel en manquant de trébucher contre Léon, qui dormait au pied du flipper. On dirait que la poisse me colle au corps depuis hier... Sers-moi donc un grand café, un croissant et deux œufs au bacon, s'il te plaît. J'ai besoin de me retaper les intérieurs.

Le Poulpe s'installa péniblement sur la banquette de moleskine et étendit ses jambes interminables sous la petite table ronde. Il sortit la dernière cigarette de son paquet et ne réussit à l'allumer qu'à la cinquième reprise.

Y'a pas à dire, pensa-t-il, la conjonction des astres ne m'est pas favorable ces jours-ci…

Gérard en personne lui apporta son petit déjeuner et resta planté là en se caressant la panse d'un air gourmand :

– Allez, vas-y, raconte, fais-en profiter les copains ! C'est pas grave au moins ?

– Non, rien de bien sérieux… des emmerdes à la con, c'est tout…

Comme Gérard ne semblait pas se satisfaire d'une réponse aussi laconique, Gabriel extirpa sa main gauche de dessous la table et se mit à compter sur ses longs doigts maigres.

– Primo : hier soir, les flics sont passés à l'hôtel. Ils me cherchaient pour une vieille histoire de faux papiers. Heureusement, j'étais au cinoche. Je ne sais pas comment ils sont remontés jusqu'à moi mais j'ai dû lever le camp en quatrième vitesse.

Secundo : en quittant l'hôtel, je me suis fait attaquer boulevard Voltaire par trois types en costard, le genre respectable et tout… Ils m'ont piqué ma valise, dévalisé c'est le cas de le dire. J'ai rien pu faire.

Tertio : je me suis pointé rue Popincourt. Cheryl était toute prête à me dépanner pour la nuit mais quand elle a su que, dans la valise, il y avait sa biographie de Marilyn, elle est devenue hystérique. En deux temps trois mouvements, je me suis retrouvé sur le bitume.

– Ben, où t'as passé la nuit alors ? demanda la femme de Gérard, en passant le balai devant la table de l'infortuné narrateur.

– Dehors, Maria, dehors… dans le hall de la

gare de Lyon d'abord puis, quand les flics m'ont chassé, sur un banc du square à Léon Blum…

– Mon pauvre Gabriel, compatit Gérard. Ça n'a pas dû être drôle…!

– Pas spécialement, non. Mais la liberté, ça n'a pas de prix…! lança le Poulpe à Maria en forme de pirouette. Celle-ci, appuyée sur son balai, semblait déjà au bord des larmes.

– Si ça peut te consoler, y'a plus malheureux que toi, fit le maître des lieux en retournant nonchalamment vers le comptoir. J'ai lu dans le *Libération* de ce matin une histoire épouvantable. Un type en Bretagne qui s'est noyé dans du lisier. On dit que toutes les morts se valent, mais des comme celle-là, j'en souhaite pas à mon pire ennemi ! Tiens, c'est là.

Gabriel se saisit du journal et commença la lecture d'un bref article paru en faits divers.

« Saint-Alban (Côtes d'Armor)
NOYADE DANS LE LISIER

Jeudi soir, un agriculteur de la commune de Saint-Alban installé depuis peu dans la région a péri noyé dans la fosse à lisier de son exploitation. Alertés par sa fiancée, les pompiers, malgré plusieurs tentatives de réanimation, n'ont pu que constater le décès de la victime âgée de 38 ans. Selon la déclaration faite aux gendarmes par la jeune femme, Marie-Annick Kerlaouézo, tous deux venaient de fêter dans la crêperie Breizh Izel l'anniversaire de leur rencontre. Mathurin Talbourdet, dans un fort état d'ébriété, aurait alors décidé, de retour à la ferme, d'inspecter ses installations. In-

quiète de ne pas le voir rentrer à la maison, sa fiancée l'aurait cherché partout avant de finalement découvrir son corps sans vie dans la fosse à lisier. Elle aurait alors réveillé la mère de la victime, Augustine, et appelé la gendarmerie. La vieille dame, une handicapée physique de 76 ans, n'a rien pu signaler aux enquêteurs qui paraissent mettre en doute le témoignage de mademoiselle Kerlaouézo.

Il semble donc que l'alcoolisme soit ici, et une fois de plus, à l'origine du drame, dans un département déjà si durement touché par ce fléau. »

– Finir comme ça, quel triste sort..., soupira Maria.

– Moi, j'plains plutôt le pompier qu'a dû lui faire du bouche-à-bouche ! lança un habitué du zinc à ses compagnons de calva.

Gabriel vida d'un trait sa tasse de café et se frotta la paume de la main contre sa barbe naissante.

– Pas trop perspicaces les mecs de *Libé*. Depuis qu'ils ont été rachetés, ils ont un peu le nez dans le « Pathé ».

– Qu'est-ce que t'insinues ? demanda Gérard.

– Rien, patron, sinon qu'une dépêche AFP, ça n'est jamais qu'une dépêche AFP, c'est pas du papier Bible...

– Ça y est, le Sherlock Holmes du 11ème se met en branle ! tonna Gérard, les mains sur les hanches ; faut encore que tu te montes le bourrichon, le Poulpe ! Qu'est-ce que tu vas donc t'imaginer ? Que le KGB, la CIA et le Mossad se sont ligués pour l'éliminer ce petit paysan...! Pourquoi tu ne te contentes pas de ce qui est écrit dans les journaux comme tout le monde ? Les enquêteurs et les gars de *Libé*, ils connaissent leur boulot ! Ils t'ont pas attendu...

– Cette version de l'accident ne me convainc guère, répliqua Gabriel, pensif.

Au même instant, une sentence du philosophe chinois Wang Fu lui revint en mémoire : *« Juger de quelque chose c'est faire la lumière sur ce qu'on voit. »*

– Depuis plusieurs années qu'on nous parle du malaise paysan, j'ai très envie d'aller voir là-bas de quoi il retourne. En plus, ça tombe bien, j'ai besoin d'oxygène en ce moment. Je suis sûr que le bon air breton va me requinquer le moral...

Gérard leva les yeux au ciel devant la détermination de son ami. Il savait que, lorsque le Poulpe avait une idée en tête, c'était peine perdue que de vouloir la lui enlever.

– Breizh o veva ! s'exclama Gabriel en quittant le café-restaurant.

– Kenavo ! répondirent en chœur quelques clients rigolards.

Naissance d'une belle amitié

– Vous allez où ? demanda le conducteur de la Coccinelle en ouvrant la portière à l'auto-stoppeur qui accourait à grandes enjambées.

– Saint-Alban ! répondit le long corps dégingandé, à une dizaine de kilomètres de Lamballe... vous connaissez ?

– Plutôt bien, oui ! Je demeure à côté, au Val-

André, depuis bientôt trente ans. J'étais prof de sciences naturelles au lycée de Lamballe.

Gabriel poussa un soupir de soulagement. Deux heures déjà qu'il se tenait debout, le pouce en l'air, sous le grand panneau jaune indiquant Rennes et Brest. Avec une nuit blanche dans les paupières et de la toile émeri à la place des joues, il avait bien pensé que la partie ne serait pas gagnée d'avance. Mais cent vingt minutes dans les décibels et le monoxyde de carbone, en plus de l'indifférence affichée de l'homo bagnolus, avaient commencé d'altérer gravement son relatif optimisme.

– Pas de bagages ? questionna le petit homme à la longue chevelure poivre et sel.

Gabriel fit non de la tête et introduisit avec difficulté son mètre quatre-vingt-cinq dans l'étroit habitacle.

– En vacances ?

Le Poulpe ne pouvait être à ses yeux qu'un pur produit du terroir intra-muros. Son accent des faubourgs le trahissait plus encore que son air pâlot.

– Pas vraiment... disons que j'ai envie de comprendre un peu mieux ce qui se passe dans la région.

– Vous n'êtes pas journaliste au moins ? fit l'autre en fronçant les sourcils. En tout cas pas un de ces vendus de la télévision... ?

– Ça, y'a pas de risque ! s'esclaffa Gabriel, c'est pas mon genre de lécher les souliers vernis...

– Ah bon, je préfère... Parce qu'on en a marre de leur propagande et de leur désinformation, à tous ces fayots.

Que ce langage est doux à mes oreilles, se dit le

Poulpe, c'est si bon de sentir qu'on n'est pas seul au monde.

– Gabriel Lecouvreur, idéaliste, franc-tireur et parisien !

– Lucien Collet, écologiste, misanthrope et breton jusqu'à la moelle !

Les deux hommes croisèrent leurs regards et se serrèrent chaleureusement la main.

Il y avait longtemps qu'un courant de sympathie aussi fort et spontané n'avait pas traversé le cœur du Poulpe. Il en était presque bouleversé.

– En fait, je voudrais élucider une histoire bizarre, une mort pas claire...

– Ah oui, ce pauvre type qu'a bu la tasse dans le lisier...

– C'est ça. Vous le connaissiez ?

– Tu peux me tutoyer, l'ami, on ne va pas se faire des courbettes... Oui, je le connaissais un peu. Un bon gars qu'était pas dans la région depuis bien longtemps. En tout cas, ce qui m'a choqué dans le *Ouest-France* de ce matin, c'est qu'on le présente comme un habitué du goulot. Ce type savait s'amuser, c'est sûr, mais il avait la tête sur les épaules, pas le genre à prendre une fosse à purin pour un bassin d'eau douce...

– D'après ce que vous savez, il avait des activités en dehors de sa ferme... politiques, syndicales ?

– Tu sais, aujourd'hui j'ai complètement décroché du combat militant. Tout ça ne m'intéresse plus vraiment. Je sais bien que rien ne va en s'arrangeant et qu'on a encore besoin de types dans mon genre, mais l'envie m'est passée de jouer les pots de terre contre les pots de fer. Ça fait trente ans que je suis sur tous les fronts... Place aux jeunes ! C'est à des gars comme toi de reprendre le flambeau.

Gabriel jeta un coup d'œil sur le pare-brise de la vieille Volkswagen jaune. C'est toute l'histoire du combat écologiste qui s'y trouvait résumée sous la forme d'autocollants blanchis par l'usure. On y lisait pêle-mêle quelques fameux slogans : « Gardarem Lou Larzac ! », « Plogoff-Creys-Malville, même combat ! », « Nucléaire, non merci ! », « Torrey Canyon, Amoco Cadiz, ça suffit ! » le tout agrémenté de l'inévitable Triskell, emblème de la cause régionaliste Bretonne.

Gabriel regarda Lucien d'un air circonspect. Il avait du mal à croire que cet homme en pleine force de l'âge ait pu baisser les bras devant l'adversité.

– Quelle est la situation en Bretagne au niveau de l'environnement ?

Le visage buriné de Lucien se ferma.

– Mauvaise. On est en train de détruire l'équilibre écologique d'une grande partie de la région. Avec le remembrement, on a commencé par araser des milliers de kilomètres carrés de talus, ensuite on a pratiqué la culture intensive à grands coups de pesticides et d'engrais azotés, et enfin, il y a une vingtaine d'années, on a installé un peu partout et surtout dans les Côtes d'Armor, d'énormes porcheries industrielles. Est-ce que tu sais, le Parisien, qu'aujourd'hui en Bretagne, il y a plus de huit millions de porcs ! Presque trois fois plus que d'habitants ! Tous ces gorets produisent chaque année des millions de tonnes de lisier, c'est-à-dire des nitrates. Et quand il pleut, où est-ce qu'elle se déverse toute cette saloperie, maintenant qu'il n'y a plus de talus pour la retenir ?

– Dans les rivières ? risqua le Poulpe.

– Tout juste l'ami ! dans les rivières... Résultat : on a la nappe phréatique la plus polluée de France et les ressources en eau potable diminuent d'année en année...

Lucien avait le rouge aux joues. La simple évocation du sujet avait suffi à le mettre hors de lui.

– Mais ces élevages... c'est pas bon pour l'économie de la région ?

– Balivernes ! C'est de l'intox tout ça ! Ces millions de porcs coûtent un argent fou aux contribuables... Ça fout en l'air l'environnement et en plus ça ne rapporte pas un sou !

Après s'être ainsi enflammé, Lucien sembla soudain céder à la lassitude et au découragement.

– De toute façon, on ne peut rien faire. Les politiciens, les organisations agricoles sont contre nous. Ils se fichent bien de la pollution et des risques pour la santé des populations. Qu'est-ce que ça pèse, l'environnement, face au fric des gros éleveurs et des industries agro-alimentaires ?

– Les écologistes obtiennent quand même quelques résultats, non ? demanda Gabriel.

– Oui, quelques-uns. On est parvenus à faire voter des lois pour limiter le nombre de porcheries dans la région et le nombre de porcs par exploitation. Mais ces mesures sont rarement appliquées. Les pouvoirs publics ont la trouille devant les paysans.

En fait, depuis quelques années, on essaie surtout de pousser l'idée d'une agriculture agro-biologique ; enfin on… eux, moi je ne suis plus dans la course… Mais dis-moi, sais-tu donc où tu vas loger pendant ton séjour ?

– Je vais chercher un petit hôtel sur la côte, fit Gabriel en étouffant un bâillement. À la mi-juin, ça ne doit pas être encore trop difficile de trouver une chambre…

– Tu veux rigoler, l'ami, c'est chez moi que tu vas venir t'installer, oui ! Y'a même pas à discuter. J'ai trois chambres et je vis tout seul, on ne va pas se gêner… En plus, ma bicoque surplombe la mer. Tu vas pouvoir te recolorer les bronches à la teinture d'iode, le Parisien…

Gabriel acquiesça d'un signe de tête. Il savait qu'il serait inutile de discuter et puis ça l'arrangeait bien côté finances. Dans son bagage volé boulevard Voltaire, il avait quand même lâché quelques beaux pascals. C'était pas la valise RTL, mais quand même… Son budget en avait pris un sérieux coup.

– Je ne sais pas ce que tu as fait la nuit passée mais tu m'as l'air bien épuisé. Te gêne pas pour piquer un roupillon, mon garçon. On en a pour quatre heures de route alors profites-en pour reprendre des forces… Je te réveillerai quand on sera arrivés.

Gabriel sourit et se cala contre la portière.

Dans l'antre du crime

– Patron ! voici la revue de presse... Rien à signaler. La mort du coco est passée comme une lettre à la poste !

Joseph Goubels remercia d'un regard la vieille collaboratrice au visage maigre qui venait de déposer des coupures de journaux sur son bureau. Du bout des doigts, il les étala devant lui et afficha très vite un rictus de satisfaction.

Les imbéciles, pensa-t-il, il n'y en a pas un qui se pose la moindre question...

Les titres, il est vrai, étaient éloquents : « Accident stupide... » chez *Ouest-France*, « Mort accidentelle... » dans *Le Télégramme*, « Drame de l'alcoolisme... » chez *Le Parisien*, « L'alcool en Bretagne : un mal endémique... » dans *La Croix*...

Ni la radio, ni la télé n'avaient évoqué le sujet de manière un tant soit peu critique.

À ce rythme, le journalisme d'investigation se résumera bientôt à *Voici*, *Gala* et *52 sur la Une*..., se dit Goubels en ricanant.

Il s'assit sur le coin du bureau, alluma un cigarillo et jeta un œil sur l'article de *Libération*.

À la vue du logo, il se sentit soudain envahi par une bouffée de nostalgie pour ce Paris des années soixante-dix où il avait fait ses premières armes dans le combat politique.

Au moins ils avaient des couilles, les rouges à cette époque, songea-t-il mélancolique. Ils savaient se battre.

Quelques vieilles images de Mai 68 défilèrent

devant ses yeux. Il se revit étudiant, boulevard Saint-Germain, faisant le coup de poing contre les trotskistes et les maos, lançant des actions commando en pleine Fête de l'Huma ou de la LCR...

Bon Dieu, quels souvenirs ! C'était toute sa jeunesse... Les batailles rangées rue d'Assas aux côtés de ses potes d'*Occident*, Longuet, Madelin et Devedjian, lui faisaient rétrospectivement battre le sang aux tempes...

On formait une fameuse équipe, soupira Goubels. Dommage qu'ils aient préféré la pêche aux maroquins à la chasse aux rouges... Les ors et les lambris de la République... quelle blague !

Il s'en mordait d'ailleurs bien les doigts, aujourd'hui, Gérard, d'avoir frayé avec la bande des quatre... Sur le carreau qu'ils l'avaient mis, ses « amis » de la droite parlementaire...

Pourtant, rien ne pourrait jamais remplacer l'amitié avec ses anciens frères d'armes, se disait-il, cette fidélité forgée au combat de rue. Malgré leur opposition politique actuelle, il les retrouvait encore quelquefois autour d'une bonne table pour évoquer ces temps héroïques.

Et puis, comme ne cessait jamais de le marteler Jean-Marie, il fallait multiplier, en toute discrétion ça allait sans dire, les passerelles avec la droite molle du bide... quitte à en attraper de l'urticaire. La prise du pouvoir était à ce prix.

Le bruit d'un tracteur passant devant le 6 rue Parmentier tira Goubels de sa rêverie.

Son regard tomba de nouveau sur le titre de *Libération*.

– Tous des fiottes aujourd'hui, ces gauchistes,

s'exclama-t-il à voix haute, bientôt nous n'aurons plus d'adversaires à notre taille…

Il chiffonna rageusement l'article et l'envoya par une pichenette en direction de la porte à l'instant même où elle s'ouvrait.

– Les Goaziou sont là, patron ! fit la vieille fille malingre en ramassant la boule de papier.

– Qu'ils entrent ! ordonna le chef nationaliste.

Quelques secondes plus tard, les jumeaux Goaziou apparurent sur le seuil.

Entièrement chauves, à demi édentés, un tronc massif campé sur des jambes courtes et arquées : leur corpulence tenait plus du bœuf de concours que de l'homo sapiens version musée de l'Homme. De leur bouche toujours entrouverte s'échappait en continu un filet de salive jaunâtre qu'ils essuyaient régulièrement d'un grand coup de langue.

Habillés à l'identique d'un survêtement Adidas bleu ciel, on ne les distinguait guère que par leurs défauts de prononciation respectifs : Jules zézeyait quand Roger, lui, chuintait.

– Asseyez-vous ! fit Goubels. Je tiens à vous féliciter pour l'autre soir, vous avez fait du bon boulot…

Les deux brutes se trémoussèrent sur leur petite chaise en poussant des grognements de satisfaction.

– La gendarmerie et les journalistes n'y ont vu que du feu, poursuivit-il en montrant du doigt les coupures de presse sur le bureau. Enfin du feu… de la merde, plutôt…

Un rire gras et sonore envahit instantanément la pièce, faisant trembler les minces cloisons, et le cadre affichant la photo de Le Pen au-dessus du bureau se mit à osciller légèrement.

– Voici votre enveloppe les gars, reprit Goubels pour couper court à leur exaltation bruyante. Il y a les deux mille francs comme promis... En plus, vous irez voir la Goulue de ma part, elle vous donnera de quoi vous amuser pour la semaine...

– Merzi, zef..., fit Jules, gêné, mais à propos de za, zustement on voulait vous dire quelque soze... vaz-y Rozer, dis-lui...

– Ben voilà, poursuivit son frère en tortillant ses doigts gourds, cha nous fait bien plaisir pour les filles, mais ch'est pour la Goulue... on veut plus lui pacher dechus... Après, on a plus envie pendant des chemaines...

Goubels écarquilla les yeux.

– Crétins ! Vous ne savez pas apprécier les bonnes choses...

Il ouvrit un tiroir à l'aide d'une petite clé chromée et en sortit une feuille jaune pliée en deux.

– Tenez, dit-il en la leur tendant. C'est la liste de ceux qui ont besoin d'une petite correction sur Saint-René, Yffiniac et Langueux, à titre d'avertissement... Vous avez quarante-huit heures pour me remplir cette mission. Ils sont prévenus, à la Fédération. Douze hommes et quatre véhicules vous attendent...

Comme il sentait planer un malentendu, Goubels précisa sa pensée.

– Correction, les jumeaux... pas extermination. Ceux-là ne sont pas pour nous mais ils ne sont pas non plus contre nous. Il faut simplement qu'ils comprennent où est leur intérêt. C'est clair ?

Les géants celtes affichèrent une moue de dépit.

– Est-ce que zeulement on peut avoir un peu plus de Zémix, zef ? demanda Jules. L'autre zour, devant la fozze à purin, on z'est zentis un peu faibles, pas vrai frérot ? On a cru qu'on allait tourner de l'œil en prezzant zur la tête de l'autre…

– Ne jouez pas aux malins, les jumeaux. C'étaient seulement les vapeurs d'azote… Je vous l'ai déjà dit, il n'est pas question d'augmenter les doses. Allez, maintenant rompez !

Le Poulpe rencontre un sacré phénomène

Gabriel ouvrit l'œil aux premières heures du jour.

La petite chambre où il avait passé la nuit était inondée d'un beau soleil de printemps et d'énergiques pépiements lui parvenaient du dehors par la fenêtre entrouverte.

Il s'étira longuement en fixant la grande carte de Bretagne qui s'étalait sur le mur d'en face puis s'expulsa d'un bond hors du lit.

– Quelle forme ! s'étonna-t-il lui-même. J'ai l'impression d'avoir fait deux tours de cadran…

En sifflant le grand air de Carmen, le Poulpe procéda aux ablutions d'usage puis lavé, rasé, blanchi, il se rendit à la cuisine pour y dénicher un bol de café bien noir.

Un jappement joyeux l'accueillit à son entrée dans la pièce.

– Je t'ai menti quand je t'ai dit que je vivais

seul, s'exclama Lucien. Je te présente Gandhi, mon fidèle compagnon. C'est un épagneul breton, mais attention… plus breton qu'espagnol !

Gabriel, en piètre cynophile, nota simplement que l'animal qui se frottait affectueusement à lui avait une bonne tête avec ses longues oreilles pendantes et son allure pataude.

– C'est la honte de son espèce, poursuivit Lucien en riant. Il est têtu et non-violent, comme son maître… Des chasseurs l'ont abandonné sur une route il y a cinq ans, les salauds, parce qu'ils ne pouvaient rien en faire. Quand je l'ai trouvé, il était couvert d'hématomes… On s'est tout de suite entendus… Pas vrai, Gandhi ?

Le chien sembla lui répondre en agitant la tête frénétiquement.

– Sers-toi donc un café, l'ami. Je viens justement d'en refaire.

Gabriel ne se fit pas prier.

– Gandhi, c'est toute ma vie aujourd'hui… continua le vieil homme sur un ton plus grave. On s'est rencontrés quand j'étais au plus mal. Ma dernière compagne, Françoise, venait de me quitter pour un sonneur de bombarde. Je ne croyais plus au combat écologiste et je venais en plus de subir une sale opération au cœur. Tu vois le tableau…

Le Poulpe hocha la tête en se levant et marcha jusqu'à l'évier. Dès son plus jeune âge, il avait pris l'habitude de boire un grand verre d'eau après son café du matin.

Il s'apprêtait à ouvrir le robinet lorsque Lucien se précipita pour l'en empêcher.

– Bois pas de cette eau, malheureux ! Tu vas

t'esquinter… C'est du vitriol pour les boyaux, cette saloperie !

Gabriel, habitué qu'il était de la bonne H_2O parisienne, afficha sa surprise.

– Je te l'ai déjà dit dans la voiture, l'ami… l'eau ici n'est plus consommable à cause des nitrates. Ça fait des années que les Bretons n'en boivent plus. La dernière fois que j'en ai ingurgité, je me suis tordu le ventre pendant deux jours… Tiens, bois plutôt de l'eau de Plancoët… c'est une source du coin.

Le vieil homme sortit de la cuisine quelques instants, puis resurgit couvert d'un ciré jaune et chaussé de bottes en caoutchouc.

– Je dois y aller, Gabriel. J'ai promis à un copain pêcheur de l'aider à débarquer ses casiers. Voici un double des clés. Veille à bien fermer les fenêtres en partant. Les coups de vent sont méchants par ici. À propos, si tu veux un vélo, il y en a un pour toi dans le garage. Prends le rouge, le vert c'est le mien. Tous les dimanches matin, je fais du cyclotourisme avec des gens du coin. Tu pourras te joindre à nous si tu te sens d'attaque…

Le petit homme avait une mine amusée.

– Pourquoi pas… en tout cas merci pour tout, Lucien, t'es un vrai pote…

– Je serai au Bar des sports en fin de journée. C'est un petit café devant l'église de Pléneuf. On peut s'y retrouver si tu veux… à tantôt !

Par la fenêtre, Gabriel le regarda enfourcher sa bicyclette et s'éloigner d'un coup de pédale assuré, suivi de près par le fidèle Gandhi.

Quelques instants plus tard, le Poulpe lui aussi

monta sur son engin et décida de consacrer la matinée à découvrir ce qu'on appelait la Côte de Penthièvre. Il commencerait son enquête après déjeuner, en allant voir la mère du malheureux noyé.

Son chemin le mena tout d'abord sur les hauteurs de la falaise d'où il put à loisir contempler la longue grève blanche du Val-André. Assis sur un banc pour prendre quelque repos, il goûta aux paquets d'air iodé que le vent projetait par rafales sur son visage empourpré. Au-dessus de lui, des goélands argentés s'ébattaient joyeusement et dessinaient d'étranges ballets en déchirant par intermittence l'azur de leurs cris stridents.

Les yeux fermés, la bouche mi-close, bercé par le doux grondement des flots venant mourir sur le rivage, Gabriel se laissa aller à penser, durant quelques minutes, à l'existence qu'il pourrait mener en province, loin de Paris et de ses tracas.

– Le calme, le grand air, la communion avec les éléments..., murmura-t-il, la voilà la vraie vie !

C'est cet instant que choisit l'un des volatiles pour achever sa digestion.

– Sales bestioles !!! hurla le Poulpe en leur montrant le poing.

Il s'essuya le front avec de l'herbe et se remit en selle, un peu contrarié par cet incident.

Sa randonnée cyclotouriste se poursuivit par une descente dans la station balnéaire, encore vierge de ses estivants, et par le bourg de Saint-Alban, enfin, à l'intérieur des terres.

L'église frappa les douze coups de midi.

Un picotement insistant à l'estomac orienta le Poulpe vers l'unique café-restaurant de la place, qui affichait un menu à quarante-cinq francs, dessert et café compris. Il se rendit d'abord aux toilettes afin de se rafraîchir un peu.

Longtemps qu'il n'avait pas transpiré comme ça... Dans la glace, il se trouva vieilli de dix ans. Satanée côte de Lesquen ! Ses mollets s'en souviendraient longtemps...

La prochaine fois, se dit-il, j'essaierai au moins d'enfiler une tenue adéquate. On n'a jamais vu un roi de la pédale pratiquer la petite reine en jeans et santiags...

De retour dans la salle, le Poulpe réserva sa table puis commanda une Grimbergen au bar en guise d'apéritif. Le visage interrogateur du patron le convainquit rapidement d'opter pour la seule belge à la carte, c'est-à-dire la Leffe.

Il s'apprêtait à l'avaler d'un trait lorsqu'un vieux paysan en bleu de chauffe le tira par la manche pour trinquer avec lui. À croiser son regard torve et injecté d'hémoglobine, Gabriel en déduisit qu'il devait être vissé au zinc depuis l'aube.

– T'es un Parigot, toi mon gars. J'les reconnaîtrais à cent mètres... Ils arrêtent pas d'nous faire chier asteure les Parigots... Heureusement qu't'as une tête qui m'revient toi... bois donc le coup avec moi mon gars... !

L'accent du pays ajouté à une élocution rendue incertaine par l'alcool ne facilitaient pas la communication.

Les verres s'entrechoquèrent néanmoins.

– Saligauds de Bruxelles, ils veulent nous saigner à blanc comme des verrats... mais ils auront pas not'peau, vingt dieux... avec les gars du

Front, on va leur rentrer dans l'lard à ces vendus... !

Les doigts calleux du vieil homme s'accrochèrent soudain au bras de Gabriel avec une force insoupçonnée :

– Nom de Diou ! mon gars, vois-tu ben c'que j'vois... ? C'est-y-pas de la bonne garce ça...

Le Poulpe tourna la tête.

Une belle fille blonde venait de faire irruption dans le café et dirigeait un pas assuré vers le comptoir en se déhanchant exagérément.

Un silence de messe s'abattit sur l'assistance.

Sans hésiter elle interpella le patron :

– Pourriez-vous m'indiquer où se trouve Plérin, s'il vous plaît ? Je cherche la Maison des agriculteurs...

– Mais bien sûr, ma p'tite dame... à votre service, fit l'homme goguenard. Il faut que vous preniez la direction de Saint-Brieuc. Avant d'entrer en ville, vous aurez Plérin indiqué sur la droite...

Le Poulpe détailla la stupéfiante créature qui faisait figure d'extraterrestre au milieu de cette assemblée de paysans et de pêcheurs.

Vêtue d'une jupe de cuir noir moulante et d'un corsage blanc contenant à grand-peine un bon 95 D, la jolie blonde aux lèvres épaisses affichait sans retenue une génitalité à faire se damner un bataillon de mollahs.

En s'attardant sur ses avantages, le Poulpe remarqua le petit badge qu'elle portait accroché au revers de son chemisier. On pouvait y lire en blanc sur fond rouge : *Porc Magazine*.

Tiens, tiens, se dit-il en terminant sa Leffe, très intéressant tout ça...

– Journaliste ?

La blonde pivota sur ses escarpins et considéra le questionneur de haut en bas.

– Non, pas exactement... chef de publicité... vous êtes de la partie ?

– Je suis journaliste... journaliste de télévision...

Les yeux de la fille s'éclairèrent soudain.

– La télé ! Ouaouh ! c'est mon rêve d'y travailler ! Ça doit être trop génial ! Vous y faites quoi... ?

– Je suis reporter à *M6*...

– Quoi... ! mais j'hallucine total... c'est ma chaîne préférée avec *MCM*... Vous devez connaître Ophélie Winter et Vanessa Demouy alors... ? Comment elles sont en vrai ?

– Très sympa toutes les deux..., répondit le Poulpe, qui ne voyait pas bien de qui il s'agissait. Vous avez un peu de temps ? On peut déjeuner ensemble si vous voulez ?

La fille acquiesça avec enthousiasme et lui serra énergiquement la main.

– Je m'appelle Vanessa ! Vanessa Bouchardeau !

– Gabriel Lecouvreur... ! Enchanté...

Tous deux s'installèrent à la petite table face à la rue et les conversations autour d'eux reprirent peu à peu leur cours usuel.

– Qu'est-ce que vous faites par ici ? demanda Vanessa en portant un morceau de pâté à sa bouche.

– Je fais une enquête sur l'élevage porcin en Bretagne... pour l'émission *Capital*.

– *Capital* ? Connais pas... Ah si, le beau brun là, Emmanuel quelque chose... il est mortel-sexy ce mec... et vous n'avez pas besoin d'une assistante ? Je connais du monde dans le secteur...

– En fait si… je cherche une informatrice… stagiaire… mais ça peut déboucher sur un job… Qu'est-ce que vous faites exactement à *Porc Magazine* ?

– Je m'occupe de la vente d'espace publicitaire. Mes clients sont des fabricants de matériels et d'aliments pour le bétail, enfin tous les fournisseurs de la filière porcine…

Nous sommes les leaders, ajouta-t-elle fièrement. Tous les éleveurs sont abonnés. On diffuse chaque mois à onze mille exemplaires…

– Pas mal…, fit le Poulpe en hochant la tête, et vous venez souvent dans la région ?

– De temps en temps, on est basés à Rennes. Mais là en plus, c'est particulier, je dois rencontrer tous les partenaires pour la grande soirée de la semaine prochaine.

Le visage de Gabriel marqua de l'interrogation.

– Oui, pour le cinquantième anniversaire de la FNSEA, le syndicat agricole. Il y a déjà eu un grand show à Paris la semaine dernière, au Palais des congrès, et maintenant c'est à chaque région de faire quelque chose… Ça va être top !

Le Poulpe ingurgita une bouchée de kouign amann puis baissa la voix en prenant l'air inspiré d'un responsable des services secrets.

– Ce que je vous propose, Vanessa, puisque vous connaissez le milieu, c'est d'ouvrir grand vos jolies oreilles et de me rapporter de l'info, mais attention, rien que du confidentiel… Ce sera une excellente manière de faire vos preuves… On marche comme ça ?

– Ouaaais… super ! On commence quand ?

– Tout de suite, fit Gabriel en lui indiquant son numéro de téléphone chez Lucien. Appelez-moi dès que vous avez quelque chose…

– OK ! exulta Vanessa. J'ai justement rendez-vous à Plérin dans une heure avec Martin Guillaume de la FNSEA…

– Alors au travail… et motus !

Le Poulpe, grand seigneur, régla les quatre-vingt-dix francs de l'addition et regarda s'éloigner la Twingo rose de la jeune femme avec un léger pincement au cœur.

Où l'on découvre la douleur d'une mère

– Faites plus un pas nom de Dieu ou j'vous tire comme un lapin… !

Gabriel s'arrêta net à l'entrée de la ferme et posa son vélo à terre. Depuis le seuil de la maison, une vieille paysanne assise dans un fauteuil roulant braquait sur lui le canon de son fusil.

– C'est à propos de votre fils, madame Talbourdet, j'aimerais vous parler… !

Un coup de feu retentit, touchant la barre transversale du vélo et ricochant bruyamment contre le soc d'une charrue près de la grange.

– Foutez le camp vingt dieux, j'ai plus rien à dire à personne… !!!

À plat ventre sur la terre battue, le nez dans le dérailleur de sa bicyclette, Gabriel hurla :

– Ne tirez pas !!! Je suis certain que votre fils n'est pas mort comme on l'a dit… !!!

Quelques longues secondes passèrent, puis le Poulpe eut l'ineffable bonheur de voir le canon de l'arme s'abaisser.

– Approchez lentement… et gare à vos fesses si vous m'jouez un tour de cochon !

Gabriel avança prudemment jusqu'à la vieille femme vêtue de noir et la salua avec toute la courtoisie dont il était capable. Celle-ci, à moitié convaincue par sa bonne foi, l'invita tout de même à entrer dans la cuisine et le fit s'asseoir à la petite table en Formica.

– C'était un brave p'tit gars, mon Mattau… ils m'l'ont tué pour sûr…

– Qui ça, madame ? demanda le Poulpe en prenant le verre de cidre que lui tendait Augustine Talbourdet.

– Toutes ces ordures qui lui tournaient autour… ceux de la Fédération… Il voulait pas marcher dans leurs combines… c'était pas l'genre à la fermer mon gars, il était pas comme les autres moutons…

– Quel genre de combines ?

– J'sais pas trop… Il était pas causant le Mattau, il parlait pas de ses soucis… Mais c'qu'est sûr c'est qu'depuis qu'il s'intéressait aux cultures biologiques avec le gars Le Bihan… il se sentait plus tranquille… Les derniers temps, il quittait plus la ferme sans son fusil.

Gabriel remarqua les nombreux couverts sales entassés dans l'évier, ainsi que sur le buffet, à côté de la photo de Mathurin, une horloge arrêtée. À l'évidence, Augustine Talbourdet ne vivait plus depuis la mort de son fils.

– Vous connaissez son amie Marie-Annick ?

La vieille se moucha bruyamment dans un immense mouchoir à carreaux.

– Celle-là, j'sais plus trop quoi en penser... Depuis la mort de Mathurin, elle m'a pas rendu une seule fois visite... À peine si elle est venue à l'enterrement.

– Il la connaissait depuis longtemps ? demanda Gabriel.

– Pouh... à peine trois mois... Il l'avait rencontrée par l'entremise de la mère Le Goff à Yffiniac...

Devant l'étonnement du jeune homme, Augustine Talbourdet s'attarda sur ce point.

– Pour trouver femme, aujourd'hui, les gars du pays ils ont pas d'aut' choix... Elles veulent plus vivre à la ferme les filles... et comment que j'les comprends... ! La vie est devenue trop dure par ici... Mais il l'aimait bien sa Marie-Annick, mon Mattau. Il trimait comme un nègre pour lui offrir ses jolies robes... Il voulait toujours qu'ce soit elle la plus belle... Lui qu'était méfiant comme un chat, elle l'accompagnait partout... Ah ça, il y était accroché à la petite... Nom de Diou ! J'voudrais ben savoir c'qui s'est passé dans ce trou à merde !

Le Poulpe vida son deuxième verre de cidre.

– Vous n'avez rien entendu ce soir-là ?

– Rien du tout... j'étais couchée... et j'suis un peu dure de la feuille asteure... C'est Marie-Annick qu'est venue me prévenir, puis les pompiers et les gendarmes sont arrivés... mais y'avait plus rien à faire...

Les yeux de la vieille femme s'étaient remplis de larmes.

– Qu'est-ce qui vous fait penser que ça n'a pas été un accident ? insista le Poulpe.

– ... Mouki... le chien de mon gars... Il a disparu ce soir-là et on ne l'a plus revu... Y'avait pourtant pas plus fidèle que ce brave cabot...

Avec précaution, Gabriel prit congé de la mère Talbourdet en lui assurant qu'il ferait tout pour débusquer les assassins et obtenir leur châtiment.

Vers dix-huit heures, il retrouva Lucien au Bar des sports.

– Salut l'ami ! l'interpella le petit homme assis en terrasse, la journée a été bonne ?

– Excellente ! répondit le Poulpe en posant son vélo contre la grille du monument aux morts. Mais crevante... Il faudra que je règle la selle si je ne veux pas rester à la traîne dimanche...

Il commanda une 1664 puis s'effondra à la table de Lucien.

– La côte de Lesquen m'a essoré ce matin... je ne pouvais plus respirer.

– Ah ! ah ! ah ! C'est l'air pur, le Parisien, différence de biotope... il faut le temps que tes poumons s'habituent, s'amusa l'ancien prof de sciences. Et mon coin, il te plaît ?

– Beaucoup. J'ai vécu un grand moment ce matin sur la falaise... Cette région m'est très sympathique...

– Et puis attention, on a eu des gens célèbres. Jean Richepin, l'auteur de *La Chanson des gueux*, est enterré à Pléneuf. Tristan Corbière, le merveilleux poète des *Amours jaunes*, a vécu ici pendant plusieurs mois... Et ton enquête, à propos, elle progresse ?

– Doucement… J’ai rencontré la mère de Mathurin Talbourdet cet après-midi… elle m’a rapporté quelques faits troublants : la disparition du chien, l’attitude de la copine… Tu savais qu’il s’intéressait à l’agriculture biologique ?

– Ah ça non, mais dans ce cas, ça pourrait expliquer beaucoup de choses… La FNSEA n’est pas tendre avec ses dissidents et l’écologie n’a jamais été sa tasse de thé… Si tu veux, ces jours-ci, on ira voir les Verts à Saint-Brieuc… J’y ai encore quelques bons copains qui te dresseront un tableau de la situation. Ils te parleront des politiques, des syndicats, des éleveurs… de tout ce joli petit monde… Tu verras le panier de crabes que c’est…

Lucien se baissa et ouvrit la caisse en osier qu’il avait à ses pieds, pas peu fier de l’effet qu’il s’apprêtait à produire.

– À propos de crabes, l’ami, voici ceux que je te propose pour le dîner de ce soir : deux tourteaux et trois araignées… ça te dit ? À côté des autres, ceux-là sont bien inoffensifs …

Copains comme cochons

« Les oies sauvages vont vers le nord, leur cri dans la nuit monte... gare au voyage car la mort nous guette par le monde, gare au voyage car la mort nous gueeette paaar le monnnde... ! »

Les trois hommes en bras de chemise chantèrent encore pendant quelques minutes en se tenant par l’épaule puis, le visage en sueur, se rassirent lourdement à leur table.

Au même moment le maître d'hôtel des Ajoncs d'or entra discrètement dans l'arrière-salle du restaurant pour resservir du champagne à ses prestigieux clients :

Martin Guillaume, tout d'abord, le puissant dirigeant local de la FNSEA et le conseiller très écouté du président Luc Guyau sur les questions porcines.

Gilles Le Gall ensuite, le patron régional du Crédit agricole et, à ce titre, grand argentier du monde paysan breton.

Joseph Goubels, enfin, le dirigeant départemental du Front national, parachuté deux ans plus tôt par le chef du mouvement, pour défricher la région et accélérer la conquête des campagnes bretonnes.

– Trinquons à la mémoire de Mathurin Talbourdet, mes amis ! s'esclaffa Martin Guillaume en levant sa coupe de Veuve Clicquot.

– Non, Mathurin, ton sacrifice n'aura pas été vain, fit Gilles Le Gall avec une fausse solennité. Ta triste fin au fond d'une fosse à lisier restera pour beaucoup de tes camarades paysans l'exemple du chemin à ne pas suivre quand on veut faire de vieux os par ici…

Le trio infernal éclata de rire.

– À propos, Gilles ? ironisa Guillaume, comment se portent les cornes de notre ami le député…

– Ce sont des cornes d'abondance… Je n'ai jamais eu autant d'influence sur le pauvre fantoche que depuis que je couche avec sa femme… Elle me lèche les doigts de pied, la cochonne !

– Ah, ah, ah ! L'avenir nous appartient, mes amis, s'exclama Guillaume. À la Fédération, les derniers récalcitrants sont en train d'être traités…

– … et à la banque, pour obtenir un franc de prêt désormais, il faut montrer patte brune, plaisanta le dirigeant du Crédit agricole.

– Réjouissons-nous, mes amis, approuva Goubels, mais le chemin est encore long vers la marche suprême… N'oublions jamais que notre carburant pour y parvenir, c'est le mécontentement, d'où qu'il vienne. Nous devons le cultiver partout où il peut fructifier : celui des petits agriculteurs chassés de leur exploitation, celui des gros éleveurs qui ont peur de Maastricht et des écolos, celui des citoyens devant les hommes politiques impuissants ou vendus, celui des consommateurs qui ne veulent plus manger n'importe quoi…

– Tu as raison, insista Le Gall, et peu importent les contradictions. Les seuls qui les remarquent sont ceux qui ne voteront jamais pour nous… L'époque n'est plus à la réflexion lucide ou au débat d'idées, elle est à la peur, au pulsionnel, et sur ce terrain, nous sommes imbattables !

Les trois hommes reprirent en chœur un autre classique de la Légion étrangère, puis tournèrent leurs yeux rougis vers le sofa au fond de la salle.

De jeunes métisses en sous-vêtements blancs et au regard vide s'y tenaient sagement assises depuis le début du repas et attendaient, soumises, le bon plaisir des convives.

– Assez chanté pour ce soir, mes amis ! s'exclama le chef nationaliste en débouclant son ceinturon. Aubergiste ! Mets tes derniers clients dehors et ferme ta boutique, nos petites perles des îles nous réclament !

Un sévère avertissement

Assis depuis un quart d'heure au pied du calvaire de la Croix-Baudot, le Poulpe, en parfait citadin, commençait déjà à perdre patience. Au-dessus de lui, le messie body-buildé cloué sur sa croix de souffrance paraissait le narguer de son éternelle sérénité.

Une mobylette bleue pétaradante s'arrêta soudain au bord du trottoir.

– Je suis Hervé Le Bihan, laissez votre vélo là et montez derrière. On va discuter dans les champs. Ce sera plus sûr qu'au milieu du bourg.

L'homme, un petit brun trapu âgé d'une trentaine d'années, lança plusieurs regards panoramiques avant de redémarrer.

– Je vous l'ai dit ce matin au téléphone, j'étais un bon copain de Mathurin. On avait un tas de projets en commun... Sa mère a dû vous en parler. Ce sont les gars de la Fédération qui ont fait le coup, j'en mettrais ma main au feu...

– Qu'est-ce qu'ils lui reprochaient exactement ? fit Gabriel en s'accrochant du mieux qu'il pouvait à la selle du périlleux engin.

– La FNSEA est en situation de quasi-monopole en France et particulièrement en Bretagne. Elle dicte sa loi dans les chambres d'agriculture depuis cinquante ans. Nous sommes de plus en plus nombreux à dénoncer son productivisme effréné qui détruit l'emploi rural et qui fout en l'air l'environnement. Mathurin, qui n'était pas dans le coin depuis très longtemps, a réagi plus violemment que nous autres aux pressions de la Fédération. Il voulait convertir les producteurs de porcs à l'élevage biologique. Il organisait des réunions d'information avec les écologistes, il voyait des journalistes... Dernièrement, en plus, il allait rendre visite aux adhérents pour les inciter à ne plus payer leur cotisation...

– Et on tue un homme pour ça... ! soupira le Poulpe.

– Il faut comprendre que l'enjeu est vital pour les gros éleveurs. Ils ont investi des sommes énormes dans leurs porcheries géantes... Alors, avec les nouvelles réglementations, aujourd'hui, ils ont peur de tout perdre.

– C'est pourtant pas rentable...

– C'est vrai, mais ils s'en fichent. Jusqu'à présent, l'État a toujours craché systématiquement au bassinet dès que la Fédération haussait le ton... Et puis entre la FNSEA, le Crédit agricole et les partis de droite, ils se tiennent tous les coudes. Croyez-moi, le porc ici, c'est d'abord une affaire de pouvoir et de gros sous. Les conséquences pour l'environnement ou la santé des gens, ça passe très loin derrière...

La mobylette s'engagea sur une petite route bordée de champs de maïs.

– Si on ne fait rien, ils s'arrangeront toujours pour contourner les règlements ou faire de fausses concessions. Ce qu'il faut, c'est remettre en cause ce mode de production sauvage, dans l'intérêt du citoyen et du consommateur.

On va continuer le combat à la mémoire de Mathurin, reprit Hervé après quelques instants. Main dans la main avec les écologistes. Il ne sera pas mort pour rien.

Arc-bouté au porte-bagages du vélomoteur,

Gabriel se sentait aussi gracieux qu'un crapaud-buffle sur une boîte d'allumettes.

– Et sa copine Marie-Annick, vous en pensez quoi ?

– Je ne sais pas très bien. Ils étaient inséparables tous les deux. Elle venait souvent aux réunions... elle s'intéressait beaucoup à tout ce qu'on faisait... Aujourd'hui, je m'en méfie... Sa déclaration aux gendarmes ne m'a pas convaincu.

– Je vais essayer de la rencontrer ces jours-ci, cria Gabriel aux oreilles d'Hervé.

À cet instant, un tracteur apparut à l'angle d'un champ et s'engagea lentement sur l'étroit chemin de terre. Puis subitement, alors qu'il n'était plus qu'à une trentaine de mètres, le puissant véhicule lâcha tous ses gaz et fonça sur les deux hommes à la façon d'un blindé.

– Faisons demi-tour, ce sont ces salopards ! cria Hervé.

Il s'apprêtait à effectuer la manœuvre lorsqu'un deuxième véhicule d'au moins cinq cents chevaux surgit à l'autre extrémité de la route, animé à l'évidence des mêmes intentions belliqueuses.

– Dans le maïs ! vite ! hurla Gabriel.

Ils eurent à peine le temps de descendre de mobylette et de disparaître parmi les hautes tiges que déjà les deux conducteurs, ayant stoppé leurs monstres de fer, sautaient de leur siège armés de fusils de chasse et tiraient au jugé en direction des fuyards.

Gabriel et Hervé, le visage fouetté par les grandes feuilles vertes, coururent pendant quelques longues secondes et se jetèrent à plat ventre sur la terre humide.

Quelques tirs sporadiques leur parvinrent encore aux oreilles, puis rapidement, à leur grand soulagement, les deux agresseurs remontèrent sur leurs engins et quittèrent la place dans un concert de vrombissements.

– C'est de l'intimidation, analysa Hervé en se relevant. Je ne pense pas qu'ils voulaient vraiment nous éliminer.

– C'était drôlement bien imité alors, fit le Poulpe en chassant la terre de son blouson.

– Depuis plusieurs semaines, j'ai droit à des avertissements dans ce genre... Un jour, c'est un tas de fumier devant ma porte, un autre ce sont mes vaches qui sont lâchées dans la nature... Ils veulent me faire craquer, moi et les miens, mais ça ne servira à rien...

De retour sur la route, les deux hommes constatèrent que la mobylette avait été soigneusement écrabouillée par les tracteurs.

– Bon, eh ben c'est pas grave... On va retourner au bourg à pied..., soupira Hervé résigné. À propos, Gabriel, ça te dit de venir au fest-noz de Saint-Alban ce soir ? Après ces petites émotions, ça nous détendra.

– C'est pas de refus. J'en ai un peu marre de servir de cible depuis deux jours... J'aimerais un peu voir le bon côté de la vie dans ce pays...

– Emmène donc Lucien, reprit Hervé. On se voyait souvent il y a quelques années. Ça lui fera du bien de voir du monde.

Le tutoiement s'était naturellement installé entre eux.

Rien de tel que l'expérience commune du danger pour sceller une amitié, songea le Poulpe.

Un chantage odieux

– Bonsoir madame Jézéquel ! Crédit agricole, on peut entrer ?

Sans attendre la réponse, les deux hommes en costume sombre franchirent le seuil de la minuscule maison et pénétrèrent dans la cuisine.

La femme en tablier qui leur avait ouvert portait sur le visage une expression de bête traquée.

– Bonjour petite, fit l'homme en caressant les cheveux de la fillette attablée à ses devoirs, ça sent drôlement bon ici…

Il s'approcha de la cuisinière à gaz et souleva négligemment le couvercle de la marmite.

– Qu'est-ce que c'est donc, madame Jézéquel ?

– Du pot-au-feu…, répondit celle-ci d'une voix blanche.

– Dommage qu'on ait déjà dîné, hein Jean-Luc ? Le pot-au-feu, y'a que ça de vrai…

– Ça tient au ventre, répondit l'autre, surtout quand les finances sont pas au beau fixe… n'est-ce pas madame… ? Il est pas là le Raymond ?

– Il est à l'étable… Qu'est-ce que vous voulez à la fin ? lança Jocelyne Jézéquel excédée.

Le dénommé Jean-Luc sourit méchamment.

– T'entends ça, Jean-Michel ? Elle nous demande ce qu'on veut la petite dame, montre-lui donc ce qu'on veut.

D'un revers de main, l'autre écarta brutalement les cahiers et les livres scolaires de la gamine et posa son attaché-case noir sur la toile cirée.

Terrorisée, la petite se leva d'un bond et se réfugia dans les bras de sa mère.

– Voilà ce qu'on veut, hurla l'homme en brandissant une chemise pleine de documents chiffrés. Cent mille francs de traites, à rembourser d'ici jeudi !

– On va payer, vous le savez bien..., implora la jeune femme en pleurs, on a quelques difficultés passagères... Il faut nous laisser un peu de temps...

– Du temps, on vous en a assez donné... Maintenant, ou vous coopérez comme on l'a proposé à votre mari ou l'expropriation prendra acte à la fin de la semaine... À vous de voir... Viens Jean-Michel, on va passer dire bonjour au chef de famille... Vous, vous ne bougez pas d'ici !

Le dernier à sortir de la cuisine dévisagea tour à tour la mère et la fille en ricanant puis retourna la marmite sur le carrelage.

En les voyant arriver, Raymond Jézéquel décrocha la trayeuse du pis de la vache et s'avança d'un air farouche vers les deux individus.

– Qu'est-ce que vous me voulez ? J'vous ai déjà dit que je ferais mon possible pour vous rembourser avant trois mois.

– Trois mois c'est trop long. Il nous faut l'argent avant la fin de la semaine comme prévu sur le contrat... sauf si tu deviens raisonnable bien sûr...

– Foutez-moi le camp bande de hyènes ! répliqua Raymond Jézéquel en leur tendant le poing. J'vous rembourserai mais faut pas compter sur moi pour le reste... C'est vous qui m'avez poussé à agrandir l'étable... C'est vous qui m'avez mis dans la merde...

Les deux complices prirent un air offusqué.

– Écoute ça, Jean-Michel, comment qu'il nous cause le cul-terreux...

– Quelle ingratitude tout de même... On fait tout pour les aider, on les conseille, on leur ouvre des lignes de crédit, on leur prête de l'argent à des taux avantageux et la récompense, c'est quoi ? Ils nous insultent, les bouseux... On peut pas laisser passer ça... Qu'est-ce que t'en penses Jean-Luc ?

Après un bref regard de connivence, les deux hommes se jetèrent sur Raymond Jézéquel et le frappèrent des poings et des pieds avec une violence inouïe. Puis, avisant une vache qui levait la queue, ils le traînèrent jusqu'à elle et maintinrent le malheureux pendant quelques instants sous le jet de liquide jaune.

Les cheveux et les vêtements complètement souillés, abruti par le choc de l'agression, celui-ci resta allongé au sol pendant de longues secondes sans pouvoir bouger.

– T'as pas le choix Jézéquel, fit l'un des agresseurs en rajustant son nœud de cravate, tu ne veux quand même pas qu'on t'exproprie, avec les conséquences que t'imagines pour ta petite famille...

– T'as sûrement pas envie que la fi-fille arrête ses études pour aller tapiner à Paris, ajouta l'autre.

– Alors arrange-toi comme tu veux, reprit le premier, mais à la manif de mercredi, on veut que tu nous ramènes cinq tracteurs et une vingtaine de types enthousiastes. T'es intelligent, tu sauras trouver les mots pour les convaincre... Si ça se passe bien, t'as tes trois mois et peut-être même davantage. Dans le cas contraire, on te balance aussi sec les huissiers au cul.

La femme et la fillette accourues de la maison se précipitèrent vers leur mari et père.

– On n'a pas le droit de faire ça aux gens, on n'a pas le droit..., sanglotaient-elles en l'aidant à se relever.

– Ne vous plaignez pas, les chéries, rigolèrent les émissaires de la banque verte en rejoignant leur grosse cylindrée, il n'a eu droit qu'à la petite commission !

C'est la fête au village

La salle des fêtes de Saint-Alban était pleine à craquer.

Une foule de jeunes et de moins jeunes, attirée par l'affiche et le battage dans les journaux locaux, s'était massée près d'une heure avant l'ouverture des portes dans la petite rue de l'église. Le camion aux couleurs de *FR3* témoignait également de l'intérêt des grands médias pour cette soirée qui promettait de n'être pas ordinaire.

En plus d'excellents groupes de musique traditionnelle tels que Ar Re Yaouank, Sonerien Du ou les jeunes de Tadig Kozh, un événement d'importance était en effet annoncé à l'occasion de ce fest-noz : le grand retour, après douze ans d'absence, des sœurs Goadec sur la scène bretonne. Maryvonne, Anastasie et Eugénie, le trio vedette du *kan ha diskan*, le chant breton en tuilage, avait donc décidé, à la surprise générale, de remettre le collier pour une grande tournée à travers la région.

Connaissant l'âge très avancé des demoiselles,

beaucoup s'étaient d'ailleurs demandé s'il ne s'agissait pas d'une pure et simple imposture.

Quoi qu'il en fût, nostalgie, intérêt véritable ou simple curiosité, la population n'avait pas manqué à l'appel de ses racines et le succès de la manifestation était d'ores et déjà assuré.

Lorsque Gabriel, Lucien et Hervé franchirent enfin le contrôle des billets, la première formation, Ar Re Yaouank, venait d'entrer en scène sous les acclamations enthousiastes d'un public de connaisseurs. Les quatre musiciens accordèrent leurs instruments, guitare, biniou, accordéon et bombarde, puis les danseurs de *dans tro*, la gavotte bretonne, se mirent en place au centre de la salle.

– Ça me rappelle le concert d'Alan Stivell à la Mutualité en 75, dit Gabriel. J'y étais allé un dimanche après-midi avec une petite voisine bretonne, Christine. C'était la première fois que je sortais seul avec une fille. On avait dansé comme des fous... Je me souviens qu'on portait tous les deux la peau de chèvre et les sabots suédois réglementaires... Et puis, en quittant la salle, je tenais Christine par la taille, on n'a pas vu son père qui l'attendait sur le trottoir, un CRS. Il nous a balancé une de ces paires de taloches...

– ... d'où ta haine de l'uniforme, commenta Hervé, l'air inspiré.

– et de la bêtise..., compléta Gabriel.

– Les psychanalystes te diraient que c'est ta scène fondamentale, assura Lucien d'une mine amusée.

Les trois amis se frayèrent un passage jusqu'à la buvette et commandèrent sans attendre trois chopes de Jeanlain.

– Tiens l'ami, regarde sur la scène, le type qui joue de la bombarde, s'exclama soudain Lucien, c'est lui qui m'a pris Françoise...

– Il n'a pas l'air commode, fit Gabriel, elle doit pas rigoler tous les jours !

L'homme aux allures de vieux fauve lui rappelait Johnny Hallyday, un Johnny B. Good bigouden, en quelque sorte.

– Surtout qu'il la trompe à tout va... elle le sait bien, mais y'a rien à faire, chaque fois elle lui pardonne. Je me demande vraiment ce qu'elle lui trouve.

La vie est mal faite, conclut-il, laconique.

Cette remarque et le ton de Lucien indiquaient clairement combien son histoire avec Françoise lui était encore proche et douloureuse.

– Allons camarades, reprit-il en levant haut son verre, oublions nos misères et trinquons à notre amitié !

Aussitôt, les verres s'entrechoquèrent dans un un éclat de rire franc et sonore.

La soirée pour les trois hommes se poursuivit en grande partie autour du bar, à proximité immédiate des sources d'alimentation en Jeanlain et chouchen.

À cette place enviable, le Poulpe, au mieux de sa sociabilité, fit tour à tour la connaissance d'un ancien militant de l'armée révolutionnaire bretonne, d'un marin pêcheur nostalgique des terreneuvas et d'une jolie rousse, étudiante en lettres modernes à la faculté de Rennes.

L'incroyable chaleur humaine de cette dernière incita d'ailleurs très vite Gabriel à poursuivre l'entretien à l'abri des regards. Avec la bénédiction amusée de Lucien, la banquette de la Coccinelle fut donc réquisitionnée pendant une quinzaine de minutes.

– Félicitations, plaisanta Hervé au retour du Poulpe, chez nous on appelle ça le quart d'heure armoricain...

Enfin le grand moment que chacun attendait arriva.

Le groupe Tadig Kozh emporta ses instruments sous les ovations puis trois petites chaises en bois sculpté furent posées sur la scène. Quelques longues minutes passèrent, émaillées de sifflements et de cris en tout genre, puis les sœurs Goadec apparurent.

Un silence gêné s'abattit aussitôt sur la grande salle des fêtes.

La déchéance physique des trois femmes se déplaçant péniblement sur leurs cannes provoquait à l'évidence un certain malaise dans l'assistance. Chacun prit alors conscience que la plus jeune frôlait les quatre-vingt-cinq ans et que tout ça, au fond, n'était pas de très bon goût.

C'est scandaleux, songea le Poulpe, comment peut-on obliger des petites vieilles à chanter dans cet état, c'est pas humain.

Les trois sœurs s'installèrent côte à côte en se raclant la gorge.

Et soudain le miracle se produisit.

Maryvonne, l'aînée, entonna à pleine voix l'une des chansons qui avaient fait jadis le succès du trio, *Les Filles de Pont-Aven* aussitôt relayée par ses deux sœurs. Leur puissance vocale alliée à la clarté de leur timbre laissa le public médusé.

Lucien et Hervé qui en étaient restés au souvenir de très anciens concerts étaient stupéfaits.

– Incroyable ! s'étonna ce dernier. Comment des corps aussi fatigués peuvent-ils produire des voix pareilles ? C'est incompréhensible !

– Quelle pêche ! Elles vont y laisser leur peau, c'est pas possible..., marmonna Lucien.

– C'est peut-être vrai alors ce qu'on raconte au sujet de leur producteur...

Les regards se tournèrent vers Hervé, interrogateurs.

– J'ai lu ça l'autre jour dans les journaux. Le producteur qui a pris en main la carrière des trois sœurs, c'est un jeune type, le fils d'un industriel anglais. Il s'est spécialisé dans les artistes du troisième âge. C'est lui qui a produit le disque de Jeanne Calment, la doyenne des Français, et qui a fait remonter sur scène Mireille et Zizi Jeanmaire. Il prétend avoir mis au point une méthode pour redonner du tonus aux petits vieux.

– Ouais, fit le Poulpe sceptique, un philanthrope, quoi...

Les trois sœurs chantèrent pendant une bonne heure sans interruption et de manière presque mécanique tous leurs grands succès, tandis que les fisels, les plinns et les scottish endiablés se succédaient sur la piste.

– Retourne-toi Gabriel, fit soudain Hervé, la fille derrière à droite près de la sortie, c'est Marie-Annick, l'ancienne copine de Mathurin.

Le regard du Poulpe se posa sur une grande blonde trop maigre qui allait et venait l'air hagard en tirant nerveusement sur sa cigarette.

– Elle est saoule. Je vais aller lui parler. C'est peut-être l'occasion d'en savoir un peu plus.

Gabriel se redressa, referma quelques boutons de sa chemise et adopta à des fins stratégiques le profil du bon garçon, délicat et attentionné.

– Excusez-moi mademoiselle, est-ce que vous allez bien ? Puis-je vous être utile ?

Marie-Annick tourna un regard embué vers le Poulpe et fut rassurée par son sourire engageant.

– T'as l'air sympa, toi… Je m'trompe peut-être mais tu ressembles pas à tous ces porcs qui veulent me sauter… tu m'paies un verre ?

Gabriel retourna aussitôt à la buvette et en rapporta deux chopes de bière.

– On s'connaît pas mais tu m'parais un type bien… Mathurin il était comme toi, gentil et tout…

La jeune femme se jeta soudain au cou du Poulpe décontenancé et explosa en sanglots.

– Pourquoi j'ai fait ça… j'suis un monstre… j'pensais seulement qu'ils voulaient lui faire peur… ils vont pas m'laisser tomber maintenant, c'est pas possible… j'l'aurai mon poste à la mairie…

Marie-Annick relâcha un instant son étreinte et vida d'un trait une bonne moitié de son verre.

– La vie est trop dure ici, y'a pas de travail… j'veux pas vivre à la ferme comme les parents… ils en ont trop bavé… ça les a tués…

À cet instant, Gabriel remarqua un énorme type en survêtement qui se dirigeait vers eux en bousculant les groupes de danseurs.

– On peut se revoir ailleurs, si vous voulez ? fit le Poulpe précipitamment.

– Pourquoi pas… j'aime bien ton genre… À la

crêperie Breizh Izel, demain en fin de journée si tu veux… Moi j'm'appelle Marie-Annick, et toi… ?

Gabriel eut à peine le temps de lui répondre que déjà le mastodonte au crâne rasé saisissait violemment la jeune femme par le poignet.

– Chors d'ichi Marie-Annick, rentre chez toi… t'as encore trop picolé che choir. Faut qu'tu t'tiennes à carreau maintenant, t'as piché ?

Puis, se tournant vers le Poulpe :

– Toi, la grande asperche, j'chais pas qui t'es, mais laiche chette fille tranquille… Chi tu veux t'taper une chalope, t'as qu'à t'baicher, ch'est pas ch'qui manque ichi…

– Merci du conseil cher monsieur…

Gabriel s'abstint de réagir pour de basses raisons de survie mais se garda bien pour autant de classer l'affaire sans suite. L'avenir lui fournirait bien l'occasion de manger l'un de ses plats froids favoris.

Tandis que le chauve hypertrophié entraînait Marie-Annick vers la sortie, le Poulpe rejoignit ses amis au bar pour leur conter son aventure.

– C'était l'un des jumeaux Goaziou, fit Hervé. Avec son frère ils forment une sacrée paire de brutes… Il zozotait celui-là ? il chuintait ! alors c'est Roger, le moins méchant des deux. Ils sont videurs dans les discothèques de la région, mais depuis quelques mois, on les voit beaucoup traîner du côté de l'extrême droite.

– En tout cas, maintenant on en est sûrs, affirma Gabriel, Mathurin Talbourdet a bien été assassiné.

– On rentre ? implora brusquement Lucien. J'ai plus votre âge les gars, il va me falloir au moins une semaine, à moi, pour récupérer…

– Alors encore un dernier coup, nom de Diou ! s'égosilla Hervé en levant très haut son verre... À la santé des Parigots têtes de veaux...

– ... et des Bretons, têtes de cochons..., répliqua le Poulpe très en verve.

Sur scène le dernier groupe de la soirée entamait un des grands standards de la chanson bretonne.

– Allez, tous en chœur ! s'enflamma Hervé en grimpant sur une chaise.

– *« J'entends le loup, le renard et la belette, j'entends le loup et le renard chanter... et dans dix ans je reviendrai, j'entends le loup et le renard chanter, et dans dix ans... »*

Cinq couplets et six refrains plus tard, les trois amis, épuisés, quittèrent la salle des fêtes bras dessus bras dessous et se tassèrent dans la brave petite Coccinelle.

– Soirée globalement positive... pas vrai, le Parisien ? ironisa Lucien en mettant le contact. Alors, comment tu les trouves, les petites indigènes ?

– Vaillantes, vaillantes..., répondit Gabriel avec une moue d'expert. L'expérience mérite d'être renouvelée...

Le véhicule roula quelques minutes en direction du Val-André, puis Lucien, à la demande de ses compagnons, stoppa le véhicule sur le bas-côté de la route pour cause de soulagement de vessie.

« ... Ils se lèvent en riant dans un bruit de tempête et referment leur braguette...

– ... Ils se mouchent dans les étoiles et pissent comme je pleure sur les femmes infidèles... ! »

– Chut ! fit soudain le Poulpe en se reboutonnant. Vous n'avez pas entendu ?

Tous trois tendirent l'oreille et perçurent distinctement des cris en provenance du petit bois qui leur faisait face.

– Allons-y ! s'écria Gabriel. Il se passe quelque chose de pas net…

Lucien descendit de la Coccinelle en compagnie de Gandhi brusquement réveillé et le trio s'engagea sur un chemin de terre. Des rires gras se mêlaient maintenant aux cris stridents de sorte que le spectacle offert au regard des trois hommes ne fut bientôt plus qu'une demi-surprise.

– Les ordures ! s'écria le Poulpe en arrêt.

Deux faisceaux de lumière jaune émanant d'une camionnette à l'arrêt éclairaient la scène d'un éclat cauchemardesque. Un individu hilare maintenait une jeune métisse entièrement nue contre un tronc d'arbre mort tandis que son complice, un colosse au crâne glabre, s'apprêtait à abuser d'elle. Le pantalon de survêtement baissé jusqu'aux chevilles, celui-ci brandissait d'une main une canette de bière, et de l'autre se mettait en condition d'accomplir son forfait.

Le Poulpe et ses compagnons n'hésitèrent pas une seconde. Munis de longs bâtons trouvés dans le fossé, ils se précipitèrent sur les deux agresseurs et les frappèrent de toutes leurs forces. Le moins corpulent prit rapidement la fuite tandis que l'autre, l'armoire à glace bretonne, empêtré dans son survêtement, vacilla puis s'écroula de tout son long.

– Ze vais vous massacrer ! ze vais vous déziqueter !! ze vais vous arrazer les zieux… !!!

Le visage rubicond du colosse humilié était tordu par la rage.

– Ze vais vous ezterminer… !!!

Lucien ramassa à la hâte les habits de la jeune femme et tous les quatre coururent vers la voiture.

Lorsque la Coccinelle daigna enfin démarrer après trois tentatives d'allumage avortées, la silhouette massive du géant aux trois bandes surgissait déjà au bout du sentier. Il tenait entre ses mains une énorme pierre qu'il lança en direction du véhicule.

– Ouf ! elle n'est pas tombée loin…, s'écria Gabriel. Je ne suis pas fâché de fausser compagnie à cette face de citrouille.

– Après Roger, Jules… Maintenant tu connais les deux jumeaux Goaziou, fit Hervé en reprenant son souffle.

Le Poulpe repensa à un vieux proverbe chinois : *« Il n'y a pas d'économie à se coucher de bonne heure pour épargner la chandelle, s'il en résulte des jumeaux. »*

– Bénissons le ciel que leur petite maman n'ait pas mis au monde des sextuplés, ajouta Lucien visiblement éprouvé par cette soirée agitée.

Il se tourna vers la jeune fille aux yeux d'amandes qui se rhabillait à ses côtés. La malheureuse tremblait de la tête aux pieds.

– Merci… merci… merci…, répétait-elle sans arrêt.

– Comment t'appelles-tu ? tu as quelque part où aller ?

– Je m'appelle Marinette… Je viens de Fort-de-France, à la Martinique… merci… je n'oublierai jamais… merci…

– Écoute, Marinette, proposa le vieil écolo, il

est tard. Le mieux c'est que tu viennes passer la nuit à la maison. Demain matin on verra ce qu'on va faire, d'accord ?

La jeune Antillaise esquissa un pauvre petit sourire en guise de réponse puis éclata en sanglots.

– Ne t'en fais pas, petite, murmura le Poulpe en lui passant doucement la main sur l'épaule. D'une manière ou d'une autre, je les retrouverai…

Business is business

– Alors, my little sweetheart, elle te plaît la nouvelle piscine ?

Pamela Murdoch termina sa longueur de brasse et remonta s'asseoir au bar.

– Oh yes, daddy, mais celle des Johnson, elle est pas plus grande… ?

– What ! ? Mais tu veux rendre fou ton vieux père, Pamela ! Celle des Johnson, elle mesure trente-cinq mètres, not a centimeter more ! Leur constructeur me l'a juré… La nôtre, elle en fait quarante sans compter le bassin pour les pieds. À Dinard, personne n'en a de plus grande ! Nobody !

Le gros homme en caleçon de bain à fleurs se servit un whisky et regarda son épouse d'un air accablé.

– Tu exagères, Pam, fit celle-ci en vernissant ses faux ongles de rouge vif. Tu sais bien que ton père ne pense qu'à votre bonheur, toi et ton frère… Pourquoi tu lui tapes toujours sur les nerfs comme ça ?

– Laisse, Soizik, reprit William Murdoch, de

toute façon, personne n'arrivera à me mettre de mauvaise humeur aujourd'hui. Ce matin, j'ai passé un contrat avec le Pakistan... enormous ! Depuis une semaine, ils ont une épidémie terrible et des stocks de bêtes mortes, ils savent plus quoi en faire... des moutons, des chèvres, des vaches... trente mille têtes. Ils me laissent le tout gratuitement si je les débarrasse... J'ai calculé, ça me fait mille tonnes de farine pour porcs au prix de cent !

– Des animaux malades ! mais quelle horreur, Bill, s'indigna madame Murdoch en écartant ses doigts sous le soleil, tu ne vas quand même pas vendre ces farines aux éleveurs du pays... ? Ça peut être dangereux...

– Don't worry about that, ma petite Bretonne adorée, ça, c'est mon business, je sais ce que j'ai à faire... Dis-moi, Pamela, fit soudain William Murdoch en retirant ses Way-Farer à monture dorée, et mon gendre le député, comment il va ?

– Comme ci, comme ça... Il a des problèmes en ce moment avec les écologistes...

– Je te vois venir... Tu vas encore me demander de l'argent, always money... Il sait pas en gagner, ton mari, de l'argent ? Il fait de la politique, non ?

– Tu sais très bien que la politique ça ne rapporte rien, daddy, répliqua la jolie brune en attachant ses boucles d'oreilles, et puis t'es quand même bien content que Jean-Marc défende tes intérêts dans la région et à l'Assemblée...

– Allez Pam, je te taquine... I was joking... Tu sais bien que Jean-Marc, on le trouve sympathique ta mère et moi... Et puis c'est peut-être un futur président, tu te rends compte, Soizik, notre fille à l'Élysée ! Ce jour-là, my God, je remplis la piscine de Chivas… !

À cet instant, le frère de Pamela, un homme jeune mais déjà très enrobé, apparut sur la terrasse.

– Tu as mis de l'écran solaire, mon petit Robert ? demanda Soizik Murdoch.

– Yes mummy, mais je te l'ai déjà dit cent fois, ne m'appelle pas mon petit Robert mais Bob, that's all !

L'industriel britannique referma le dernier Sulitzer et se leva pour embrasser sa progéniture.

– Alors, fils, comment ça va, le business ?

– La folie, dad ! Le compact des sœurs bretonnes est en train de casser la baraque !

– Oh, really ? C'est très bien… je suis fier de toi, Robert… Quel dommage quand même que tu n'aies pas voulu étudier la finance ou le marketing ! C'est pas un métier de faire chanter des vieux…

– L'argent n'a pas d'odeur, daddy, c'est pas toi qui vas me dire le contraire… T'as vu dans quoi t'as fait fortune, toi : le porc !

William Murdoch haussa les épaules, l'air gêné.

– Ce qui marche en ce moment dans la musique, reprit le fils d'un ton professionnel, c'est la celtic techno, des vieilles chansons bretonnes remixées en dance… Avec mon associé Giacomo, on est en train de prospecter la région pour signer des anciens bardes. « Ça va barder ! », c'est le nom de la compile qu'on sort à la rentrée, ça assure grave, non ?

– I don't understand anything, Robert… et ce produit miracle dont tu voulais me parler, en quoi il m'intéresse ?

– Je t'ai déjà expliqué, daddy : grâce à lui, pendant plusieurs mois les ancêtres ont une énergie incroyable ! On peut les faire chanter, danser, on peut monter des spectacles, enregistrer des disques… Alors avec Pamela, on a pensé à quelque chose…

Confidences sur l'oreiller

– Gabriel ! téléphone !

Réveillé en sursaut, le Poulpe s'éclaircit la voix par quelques rapides vocalises et bondit hors du lit pour aller prendre des mains de Lucien le combiné maudit.

– Oui… allô ! Ah… Vanessa… Non, non… J'étais en train de taper un rapport pour la télé… Quoi ? Cet après-midi ? Oui d'accord… Où ça ? À l'entrée du musée ? Bon, eh bien à seize heures, entendu… À plus tard alors…

Gabriel raccrocha d'un geste énervé.

– Quel idiot j'ai été ! Un vrai petit chien… On ne devrait jamais répondre au téléphone au réveil, en tout cas pas avant onze heures ou midi…

– Il est midi et demi… l'ami. Tu encaisses mieux l'alcool que moi, mais tu cuves moins vite on dirait… n'est pas breton qui veut… Bonjour quand même !

– Bonjour… J'ai mis longtemps à m'endormir… Tu connais, toi, le musée du cochon à Loudéac ?

– Bien sûr ! Il est très instructif… On n'imagine pas combien le cochon peut être intéressant. Le combat des écolos contre le porc breton est une question de politique agricole, il ne faut pas voir d'antipathie personnelle là-dedans…, répondit Lucien, facétieux. Va le visiter, tu ne perdras pas ton temps. Tu y vas à vélo ? Il y a quand même soixante bornes.

– Ça me décrassera la tuyauterie… Et puis au retour je me ferai raccompagner par la fille de *Porc Magazine*.

– Ne te laisse pas embobiner par ses jolis yeux, Gabriel. N'oublie pas qu'elle fraie avec l'ennemi…

– Je pense que c'est une brave fille. Mon instinct me trompe rarement…

À cet instant, la jeune Antillaise entra dans la cuisine.

– Bonjour messieurs…

– Bonjour Marinette, moi c'est Gabriel.

– Et moi Lucien. Tu veux du café, du pain ?

– Oh oui, merci…, répondit la jeune fille en s'asseyant timidement à la table. Vous êtes tellement gentils avec moi. Je pensais que tous les continentaux nous voulaient du mal…

L'Antillaise au regard de biche sembla au Poulpe plus jeune encore que la veille. Elle n'avait sans doute pas vingt ans.

Lucien lui apporta un bol et y versa le chaud liquide noir.

– Ça t'ennuie, Marinette, de nous raconter ce que tu es venue faire en Bretagne ? demanda Gabriel avec précaution.

Celle-ci mordit dans sa tartine beurrée et avala une grande gorgée de café.

– Je suis arrivée il y a deux mois avec une vingtaine d'autres filles de la Martinique et de la Guadeloupe. On est venues pour rencontrer des messieurs et contracter le mariage. C'est madame Le Goff qui s'est occupée de tout…

– Tiens, encore elle…, remarqua Gabriel, il est temps que je lui rende une petite visite à celle-là. Comment l'as-tu connue, Marinette ?

– Beaucoup de filles de chez nous veulent trouver un mari en métropole. J'ai simplement trouvé la réclame de madame Le Goff dans le journal et je lui ai adressé une photo avec tous les renseignements. L'adhésion était gratuite et madame Le Goff nous a même payé le voyage…

– Le monde est peuplé d'altruistes, fit le Poulpe, sarcastique. On se demande vraiment pourquoi il va si mal… Et elle t'a présenté des fiancés, cette brave femme ?

– Oh oui, monsieur Gabriel, bien sûr, mais ça n'allait jamais. Tous les hommes que j'ai rencontrés étaient vieux ou alors ils buvaient beaucoup et devenaient violents. J'ai bien vite compris que je ne trouverais pas de bon mari ici et que je serais malheureuse loin de mon pays.

– Où est-ce que vous logez en ce moment, toi et tes amies ? demanda Lucien en reversant du café à la jeune Martiniquaise.

– Madame Le Goff nous loue des chambres dans un petit immeuble de Saint-Alban. Nous habitons toutes là.

– Pour information, fit le Poulpe, combien elle vous fait payer ?

– 1 200 francs de loyer pour la semaine, plus 500 francs de nourriture et de blanchisserie.

– Eh bien ! elle se fait des gentils petits mois, la bienfaitrice... Et quand vous ne trouvez pas de mari, qu'est-ce qui se passe ?

– Après deux mois, c'est comme quand on veut rentrer au pays, il faut rembourser l'argent. Moi je dois maintenant 22 000 francs à madame Le Goff...

– Je suppose qu'aucune d'entre vous n'a de quoi payer. Comment vous faites alors pour lui rendre cet argent ? insista Gabriel qui pressentait trop bien la réponse à venir.

Marinette se cacha la tête dans les mains.

– Il faut qu'on aille avec des hommes... beaucoup d'hommes...

Lucien n'en croyait pas ses oreilles.

– Mais c'est horrible, c'est monstrueux... et hier soir... c'était ça... ?

– ... Madame Le Goff avait demandé à ces deux hommes de faire mon éducation mais comme je ne voulais pas et que je criais ils m'ont emmenée dans la forêt.

La jeune fille se mit à pleurer.

– Ces salauds vont certainement vouloir te retrouver... Il vaut mieux que tu restes ici quelque temps, fit Lucien, très ému. Mais, il y a une chose qui m'intrigue... La police, elle ne dit rien ? Vous n'avez pas essayé de porter plainte ?

– Madame Le Goff connaît des gens importants à la gendarmerie. Et puis en plus, elle fait des photographies avec des hommes et menace de les envoyer aux parents si les jeunes filles ne sont pas dociles. Elles préféreraient se tuer plutôt que de leur causer de la peine.

Les sanglots de Marinette redoublèrent.

– Pauvres Marie-Cécile, Geneviève, Blandine et toutes mes chères amies qui écrivent à leur famille qu'elles ont trouvé un bon mari et qu'elles sont heureuses… Qu'est-ce qu'on va devenir toutes… ? J'ai peur, j'ai si peur… Ils vont venir me tuer…

Bien qu'échappée in extremis de l'enfer qui lui était promis, la jeune fille resterait sans doute longtemps encore marquée par les violences de la nuit passée.

– On va tout faire pour que vous puissiez retourner rapidement aux Antilles, toi et tes amies, fais-nous confiance, assura Gabriel. Mais pour le moment, repose-toi. Ici, tu ne risques rien, Lucien et moi, on te le promet.

Gandhi vint se frotter contre les jambes de Marinette qui le prit aussitôt sur ses genoux et le caressa des deux mains en souriant tristement.

Lorsque le Poulpe pénétra dans le hall du musée peu avant seize heures, il découvrit Vanessa Bouchardeau en grande conversation avec un vieux type aux allures de notable. Celui-ci, étranglé par son nœud de cravate, regardait avidement la jeune femme et ruisselait comme s'il était aux prises avec la fièvre jaune.

Je transpire moins que lui, après soixante kilomètres de pédalage intensif, pensa Gabriel.

La jolie blonde lui fit un petit signe de la main alors qu'il se rendait aux sanitaires.

En vue de l'expédition, le Poulpe s'était équipé d'un petit sac à dos pour son change, d'un cuissard noir prêté par Lucien et de baskets en soldes achetées à l'Intermarché de Lamballe.

Il retrouva Vanessa quelques minutes plus tard, dans un état de grande excitation.

– Ouaouh ! Je suis hyper contente ! C'était le directeur du musée. Il vient de me donner son accord pour un programme de dix demi-pages quadri sur l'année… C'était pourtant pas gagné d'avance…

– Il a dû être sensible à votre argumentaire, Vanessa.

Une moue de fausse innocence se dessina sur le visage gracieux de la jeune femme.

– On se tutoie, Gabriel ?

– Pourquoi pas…

– Ce sera plus sympa… Tiens, c'est un free-pass pour le musée… Dépêchons, il va fermer.

Gabriel et Vanessa passèrent le tourniquet en même temps qu'un groupe de touristes belges aussitôt pris en charge par un guide cérémonieux portant badge et képi.

« *… Mesdames, messieurs, l'élevage porcin constitue, avec le tourisme, l'une des grandes chances économiques de la Bretagne… Le porc breton est issu du croisement de deux races à fort potentiel : le Large White et le Landrace français dont vous pouvez observer ici des spécimens empaillés…* »

– Belles bêtes ! s'exclama Gabriel. Alors Vanessa, quelles nouvelles ?

– J'ai passé la soirée avec Martin Guillaume, de la Fédération. Il m'a laissé entendre qu'il allait y avoir du grabuge à la manifestation de mercredi. La FNSEA veut mettre le paquet pour obtenir de nouvelles aides. Ils ont prévu toute une série d'actions…

– Du genre ?

– Je n'ai pas de détails mais je crois qu'ils vont faire pas mal de casse et puis aussi qu'ils veulent s'en prendre aux écologistes…

– Il t'a fait beaucoup de confidences, dis-moi, ce Guillaume… Si je peux me permettre, c'est la soirée ou la nuit que tu as passée avec lui… ?

– Les deux mon capitaine…, fit Vanessa en mimant un garde-à-vous, le doigt sur la couture du bas Nylon.

« … *Peu sensible au stress, ardent à la saillie, le mâle a une tête puissante, un groin large et des oreilles pendantes. Adulte, il peut atteindre une longueur de deux mètres, et un poids de 400 à 450 kilos…* »

– Maman, combien il pèse papa, une fois ? demanda un enfant à qui une gifle fut aussitôt retournée pour toute réponse.

Vers la fin de la visite, la jolie chef de publicité regarda avec attendrissement une jeune truie entourée de huit porcelets roses comme son tailleur.

– Ils sont trop mignons ! Dommage que ça grandisse… Je me verrais bien en tenir un en laisse comme dans la pub Naf Naf…

Puis, tout sourire, elle se tourna vers le Poulpe.

– À propos, Gabriel, si tu veux prendre une douche à mon hôtel avant de repartir, il n'y a aucun problème.

– C'est pas de refus, fit l'intéressé en dissimulant mal son trouble. Je mettrai mon vélo dans ton coffre…

« … *Je vous rappelle que vous pourrez trouver en vente dans le hall un assortiment complet de charcuteries issues de la viande de porc breton, andouille, andouillette, jambon, pâté de tête, cervelas, rillettes, saucisse...* »

En sortant du cabinet de toilette, Gabriel trouva Vanessa allongée sur le lit, complètement nue. Aussi loin que remontaient ses souvenirs, jamais une femme déshabillée ne lui avait paru aussi nue. À la vue de ce corps bronzé offert à son usage exclusif et immodéré, le cœur du Poulpe faillit exploser d'émotion.

Il dénoua la serviette qui ceinturait son bassin et se laissa glisser entre les bras ouverts.

La suite fut un festival d'épidermes et de muqueuses dont rien ne vint troubler le déchaînement sensuel, si ce n'est, chez Gabriel, une crampe malencontreuse dans le mollet droit provoquée par l'excès de bicyclette.

Quand Vanessa roula sur le côté, une joie rayonnante inondait son visage, et ses yeux d'obsidienne pétillaient de reconnaissance.

– Ouaouh ! T'es un vrai killer, Gabriel ! Il y a au moins deux mois que je ne me suis pas éclatée comme ça...

Contenant sa fierté, le Poulpe se redressa contre le bois du lit et alluma une Gitane sans filtre.

– Ah bon... ? C'était pas aussi bien avec Martin Guillaume ?

– Arrête. Je ne devrais peut-être pas le dire mais il est complètement frappé, ce mec. Après le restaurant hier soir, on est allés chez lui. Tu ne vas pas me croire mais il a passé des heures à me lécher les pieds... Il voulait que je le traite de minable, que je l'insulte... Il m'a même demandé de lui uriner sur la figure, mais ça j'ai refusé... Et puis en pleine nuit, il s'est levé comme un somnambule et je l'ai entendu délirer complètement sur les étrangers, les communistes et je ne sais plus quoi d'autre... l'hallu totale... C'est super inquiétant qu'un type comme lui ait des responsabilités...

– En effet, fit Gabriel un peu surpris. À propos, quand est-ce que tu dois rencontrer le directeur du Crédit agricole ? J'aimerais bien voir à quoi il ressemble.

– J'ai rendez-vous avec lui dans deux jours, au siège de Ploufragan. Si tu veux m'accompagner, il faudra d'abord que tu t'habilles en chef de publicité...

Le Poulpe écrasa sa Gitane dans une soucoupe puis posa délicatement sa large paume sur les fesses rebondies de la jeune femme.

– On causera textile une autre fois si tu veux bien, pour l'instant nous avons mieux à faire...

Plutôt Verts que morts

À leur arrivée au 67 rue de Gouédic à Saint-Brieuc, Lucien et Gabriel furent aussitôt accueillis par Gérard Vorbon.

Le dirigeant des Verts-Bretagne, un géant à barbe noire, serra longuement la main de l'ancien prof de sciences.

– Lucien de retour dans sa famille... quelle surprise ! Ça me fait tellement plaisir de te revoir !

– Moi aussi, Gérard, après tout ce temps... Je te présente Gabriel Lecouvreur, un ami parisien... Il s'intéresse beaucoup à ce qui se passe dans la région au niveau de l'environnement et puis il enquête aussi sur la mort de Mathurin Talbourdet...

– Le plus dur par ici, répondit vertement le responsable écologiste, ce n'est pas de mener des enquêtes, c'est de faire rendre la justice... Les coupables, tout le monde les connaît !

En tout cas, Gabriel, poursuivit-il, d'un ton plus chaleureux, si vous êtes de notre côté, soyez le bienvenu... Aujourd'hui on fait une conférence de presse pour lancer l'opération S-EAU-S et préparer une riposte à la manif des éleveurs de porcs... Je dois vous laisser maintenant, installez-vous, à plus tard...

Les deux hommes entrèrent dans la salle de réunion où se trouvaient rassemblées une cinquantaine de personnes autour d'un maigre buffet.

Hervé leur fit signe de la main et les rejoignit, un verre de limonade à la main.

– Ça se présente plutôt bien, confia-t-il l'air satisfait. Les journalistes ont largement répondu à l'appel... On a *Le Télégramme*, *Armen*, *Armor Magazine*, des revues de pêche, de tourisme... Il y a même un rédacteur important de *Ouest-France*... Jamais on ne l'aurait vu il y a seulement six mois... Et puis on a aussi un gars de *Charlie Hebdo* qu'est descendu spécialement de Paris...

Gérard Vorbon invita chacun à s'asseoir et monta sur la petite estrade improvisée.

« Merci à vous tous d'être venus. Vous connaissez la situation écologique dans notre région, c'est pourquoi je me contenterai de quelques courts rappels avant d'aborder les deux questions d'actualité qui

justifient notre présence ici. Le cheptel porcin est passé en vingt-cinq ans de trois à huit millions de têtes, à ajouter aux trois millions de bovins et ovins. Ce développement de l'élevage industriel, comme celui des cultures intensives, s'est effectué de manière totalement incontrôlée, au mépris des règles les plus élémentaires en matière d'environnement et de santé publique. Le déversement du lisier dans les champs, les surfaces d'épandage trop réduites au regard de la production démentielle, l'absence de talus ont entraîné une forte pollution des rivières, dont la prolifération de l'algue verte le long de nos rivages n'est que le symptôme le plus visible.

Il faut savoir qu'après certains orages, on constate fréquemment la présence de 500 milligrammes de nitrates par litre, c'est-à-dire dix fois la norme autorisée...

Je voudrais souligner ici que les risques cancérogènes liés à la consommation de cette eau contaminée sont aujourd'hui parfaitement établis.

Ce constat nous a conduits à imaginer l'opération S-EAU-S par laquelle nous souhaitons sensibiliser l'opinion publique et faire pression sur les autorités afin d'obtenir satisfaction au niveau d'un certain nombre de revendications précises.

Dans le cadre de cette initiative, les consommateurs seront donc invités à adresser au préfet une pétition glissée dans une bouteille. Pourquoi une bouteille ? Pour rappeler les cinq cents millions de bouteilles d'eau minérale achetées chaque année en Bretagne, le record européen... Un dossier complet sur l'opération vous sera remis à la fin de cette réunion...

– *Je voudrais dire,* l'interrompit soudain Hervé en levant la main, *que le prix de l'eau a augmenté de 68 % en huit ans et que les gros éleveurs, qui sont les pollueurs, continuent, eux, de la payer à bas prix. C'est un scandale !*

– *Absolument*, approuva le géant Vert. *Lorsqu'on sait que quarante pour cent du revenu agricole provient des primes, il est normal d'exiger des contreparties en matière d'environnement. C'est d'ailleurs une des revendications énoncées dans la pétition.*

La deuxième raison de votre venue ici concerne la manifestation de mercredi.

Nous ne connaissons pas exactement les projets de la FNSEA, mais on peut être certain, compte tenu des intérêts en jeu, qu'elle va vouloir frapper un grand coup pour asseoir ses positions. Nous ne devons pas, une fois de plus, lui laisser imposer ses conditions aux autorités.

C'est pourquoi nous appelons aujourd'hui à la constitution rapide d'un collectif associant toutes les forces politiques et sociales concernées par l'avenir écologique de la Bretagne. Je me tiens à votre disposition pour harmoniser au mieux nos forces sur le terrain et faire entendre notre voix. »

Gérard Vorbon but un grand verre d'eau de Plancoët et conclut son intervention.

« Aujourd'hui en Bretagne, la défense de l'environnement passe par la reconquête de la qualité des eaux ! Merci, messieurs-dames. »

L'assemblée de journalistes, militants écologistes et représentants des diverses organisations politiques ou associatives applaudit l'orateur avec enthousiasme et se scinda en petits groupes très animés.

– Toute cette effervescence me redonne la pêche ! s'exclama Lucien. Je me sens comme à Creys-Malville en 76…

– En voilà une bonne nouvelle ! se réjouit Gabriel. On va vraiment pouvoir faire équipe maintenant.

Le responsable des Verts bretons s'approcha du trio et tira longuement sur sa pipe.

– Demain matin, je rends visite à Le Flur. J'aimerais bien que tu viennes avec moi Lucien, et toi aussi Hervé. Le « député du cochon », on va lui souffler un peu dans les bronches avant la manif…

Puis d'un ton plus grave :

– On l'aimait bien Mathurin. On sait qu'il n'est pas tombé tout seul dans sa fosse, mais hélas on ne peut rien prouver… C'est des types comme lui ou comme Hervé qui peuvent nous aider à convertir les agriculteurs au biologique. En tout cas, ceux qui ne sont pas complètement vendus à la Fédération. C'est en mémoire de Mathurin que nous devons continuer…

Gérard Vorbon, interpellé à cet instant par un journaliste de *Charlie Hebdo*, dut prendre congé des trois hommes.

– Excusez-moi mes amis, je vous abandonne…

On compte sur vous mercredi, le Parisien ? glissa-t-il au Poulpe sur un ton gentiment ironique. Vous pourrez voir en vrai ce qu'on appelle un paysan en colère…

– Je serai là, affirma solennellement le Poulpe. Je ne suis pas du genre à baisser pavillon quand ça chauffe…

Où il est question d'un mystérieux trafic

La Lamborghini rouge de Giacomo Paretti traversa en vrombissant le petit port de Binic et s'immobilisa devant la terrasse de l'Équinoxe, le café le plus chic de la station bretonne.

Vêtu d'un impeccable costume de lin bleu ciel, le fringant Sicilien sortit avec ostentation du luxueux véhicule et rejoignit ses deux amis attablés.

– Buongiorno Bob !... Buongiorno Pamela ! ... Ma che bella !... Allora, quelles sont les nouvelles ?

– C'est in the pocket ! répondit fièrement Robert Murdoch. Le Flur nous couvre et mon père nous soutient... On fait fifty-fifty avec le boss des péquenots...

– Molto bene ! fit Giacomo en se frottant les mains, on va sé faire des testicoules en or, commé vous dites chez vous... Ié vais prévénir mes amis polonais. Grazie Pamela... vous félicitérez votre amoroso pour ses bons conseils...

– C'est pour Jean-Marc tout ça, pour sa carrière... D'après Gilles, après il aura tous les éleveurs de son côté... et les éleveurs par ici, ça compte...

– Tu entends ça, Giacomo... Madame Le Flur trompe son mari pour son bien, fit Robert Murdoch en éclatant de rire. Aïe ! aïe ! aïe !... c'est beau l'amour...

– Crie-le encore plus fort, tant que tu y es... ! s'indigna sa sœur aînée. Tu veux que tout le monde le sache, que la femme du député a un amant... !?

– Te fâche pas sister... Je l'aime bien le gentil

Le Flur… Je suis sûr qu'il nous fera un très bon ministre de l'Agriculture…

Le fils Murdoch se tourna soudain vers Giacomo :

– Regarde un peu si ça s'agite autour des voitures… Comme piège à filles, mon pote, y'a pas mieux…

Un groupe de jeunes Binicaises, les yeux brillants de convoitise, regardaient tour à tour, sans oser les toucher, la Porsche jaune de Robert Murdoch et la Lamborghini du play-boy gominé.

– Ié crois qué la mienne a plous dé souccès…, affirma ce dernier.

– Possible, ironisa le fils de l'industriel, mais toi t'as pas le bateau qui va avec…

Sur ce, il se leva et interpella les jolies Bretonnes :

– Dites, les filles, ça vous dirait de monter dans ma Porsche ?

Celles-ci se retournèrent en souriant.

– Après, si vous voulez, on pourra faire un tour en mer sur mon yacht là-bas, ajouta-t-il en montrant du doigt un splendide Hudson 40.

D'une fenêtre l'autre

– Denise Le Goff ?… Ah, la marieuse ! Excusez mais tout le monde l'appelle la Goulue par ici… Vous la trouverez en sortant d'Yffiniac, sur la route de Langueux. Elle habite pratiquement en face de chez Bernard Hinault…

Gabriel remercia poliment le patron du bar les

Routiers et enfourcha son vélo sous les gloussements insistants de quelques consommateurs avinés.

N'ayant eu aucun mal à localiser la somptueuse bâtisse du champion breton, il put donc rapidement identifier la demeure de l'entremetteuse, une grande maison blanche en bordure de la route.

Sur la plaque émaillée qui ornait la porte d'entrée on pouvait lire : *Denise Le Goff, Rencontres - Mariages.*

Le Poulpe prit sa respiration et donna deux brefs coups de sonnette.

Il s'était composé pour la circonstance le physique d'un paysan breton un peu naïf. Un vieux béret posé bas sur le front à la Bourvil et un accent gallo composé la veille avec l'aide de Lucien lui assuraient une bonne crédibilité dans son rôle.

La porte s'ouvrit et Gabriel faillit renoncer à son projet.

La créature apparue sur le seuil était un mélange de Bibendum, de Castafiore et de fée Carabosse. Son corps volumineux et informe comme son visage peinturluré exprimaient avec brutalité tout un monde de bassesse et de turpitudes.

Elle lui serra la main vigoureusement puis le conduisit à travers un couloir encombré de gravures militaires jusqu'à un petit salon tapissé de jaune et de rose.

À son passage, les murs et les meubles semblaient prendre les proportions d'une maison de poupée.

– Asseyez-vous, cher monsieur, fit-elle en affaissant son corps de baleine dans un fauteuil pivotant ; que puis-je faire pour votre bonheur ?

– Ben voilà, m'dame, répondit le Poulpe en retirant soigneusement son béret, j'vais sur mes quarante ans et j'ai toujours pas trouvé à m'marier... La mère dit qu'c'est parce que j'suis trop timide, que j'ose pas leur parler aux filles... Mais moi, j'crois plutôt qu'c'est elles qui veulent pas... J'ai ben essayé queq'fois au bal d'les inviter à boire un coup, mais elles rigolent, les chameaux... Elles préfèrent aller avec les gars d'la ville... ces fainéants...

La mère Le Goff, habituée à ce genre de prose, concentrait surtout son attention sur les bras et les mains du Poulpe qu'elle trouvait étonnamment développés. Elle griffonnait par instants quelques notes sur un cahier d'écolier tout en s'essuyant constamment le front et le cou à l'aide d'un Kleenex.

– Qu'est-ce que vous avez comme genre d'exploitation ?

– J'ai trente hectares du côté de Quintin, pour le blé et la betterave, mais j'fais aussi d'l'élevage, d'la vache laitière, du porc, un peu d'lapin... Avec la mère, on a du travail par-dessus la tête. Sûr qu'chez nous, elle s'ennuierait pas, l'épousée...

La Goulue l'interrompit.

– Peut-être vous l'a-t-on déjà dit, monsieur... ?

– ... Bakouninec, Michel Bakouninec.

– ... monsieur Bakouninec, le montant de l'inscription annuelle est de six mille francs...

– Vingt dioux, lâcha le Poulpe en prenant l'air ahuri, c'est le prix d'une bonne laitière ça...

– ... Mais vous pouvez rencontrer jusqu'à douze femmes différentes, c'est-à-dire une par mois... Laissez-moi vous montrer maintenant à quoi ressemblent nos adhérentes, fit la matrone en ouvrant un gros album couvert de Polaroid. Voyez vous-même... Ce sont toutes des filles jolies, travailleuses, faciles à vivre, et, très important, en parfaite santé... Je tiens les certificats médicaux à votre disposition...

Le Poulpe eut un mouvement de recul.

– Mais... c'est des négresses !

– C'est vrai, monsieur, la plupart sont originaires des DOM-TOM, mais il faut voir qu'elles sont jeunes, très bien faites et intactes... Vous me comprenez monsieur Bakouninec... Maintenant, si vous le souhaitez, j'ai aussi quelques Polonaises et Roumaines...

– J'préférerais autant, y'a déjà trop de négros et de bicots en France... On est ben trop bons avec ces saletés-là...

La mère Le Goff jeta son troisième mouchoir au panier et regarda le Poulpe avec curiosité.

– Vous vous intéressez à la politique ?

– C'est tous des pourris... magouille et compagnie... Y'a qu'pour les gars du Front national qu'j'ai d'la sympathie, c'est les seuls qui nous écoutent, tous les autres, ils préféreraient nous voir crever...

La mère Le Goff s'extirpa difficilement de son fauteuil, contourna le bureau et s'avança vers Gabriel en roulant de ses énormes hanches.

– Vous me paraissez avoir plein de bon sens Michel... J'appartiens moi-même au Front national, je peux vous appeler Michel ?

– N'vous gênez pas, répondit le Poulpe en se rétractant sur sa chaise, c'est ben plus cordial...

– Je crois, Michel, que c'est la chance qui vous a placé sur mon chemin… Au Front, en ce moment, on a besoin de gars qui en veulent, des gars comme vous qui sont prêts à mouiller leur chemise pour nettoyer le pays de la racaille… Ça vous dirait de rejoindre nos rangs ?

– Ah ça oui, nom de Dieu, j'demande que ça… Y'en a marre de trimer pour des queues de prunes et d'engraisser tous ces corrompus…

– Bien, je vais vous faire rencontrer nos équipes le plus tôt possible… Vous allez pouvoir vous rendre utile dès mercredi, avec la manifestation, ce sera votre baptême du feu…

– J'suis ben content… et pour la femme ? demanda Gabriel d'un air benêt.

– Ne vous inquiétez pas, Michel, le Front c'est une grande famille, on a le sens de l'entraide…

La Goulue s'abaissa vers Gabriel et poursuivit, un ton plus bas.

– Fais-moi confiance, je vais m'arranger pour te trouver une bonne petite femme blanche à prix d'ami ; je peux te tutoyer, Michel ?

– Ben, pourquoi pas…, fit le Poulpe en réprimant sa nausée, c'est toujours plus chaleureux…

– Tu sais que t'es un beau gars… ! T'es grand, t'es bien bâti, t'es pas bête… t'as tout pour plaire aux filles… Depuis tout à l'heure, je n'arrête pas de regarder tes grands bras, tes longs doigts… Ça me fait de l'effet tu sais… J'espère que tu sais t'en servir…

Avant qu'il pût répondre, la Goulue, d'un geste précis, lui passa la main entre les jambes et empoigna sa virilité.

– Avoue, mon grand… Y'a combien de temps

que t'as pas mis le p'tit Jésus dans la crèche ?

– Ben j'sais pas moi au juste… queq'mois…

Le Poulpe était partagé entre l'envie de vomir et celle d'écrabouiller la face rougeaude et ruisselante de la Goulue, mais espérant obtenir de sa part plus d'informations, il s'abstint de la moindre réaction contrariante.

– Faudrait quand même s'assurer que la mécanique fonctionne avant de te confier l'une de ces petites garces…, reprit l'hippopo-dame grimaçante en lui lançant une œillade vicieuse… Viens donc dans la pièce à côté, mon garçon, on sera plus à l'aise pour vérifier tout ça…

Gabriel, figé par l'appréhension, se laissa pousser sans résistance dans la pièce attenant au bureau. Une odeur âcre à l'origine physiologique peu douteuse le prit aussitôt à la gorge.

À l'aide d'une petite clé accrochée à son cou, la Goulue ouvrit l'armoire métallique et en sortit un matelas de mousse jaune qu'elle déroula précautionneusement sur le linoléum.

– Déshabille-toi, mon grand, il ne faut pas perdre de temps, j'ai rendez-vous à la permanence du parti dans moins d'une heure.

Le Poulpe ôta machinalement ses vêtements avec le sentiment oppressant d'aller à l'abattoir.

Au mur, le portrait souriant du président du FN achevait de donner à la scène son cachet sordide et angoissant.

– On va se donner de la joie sous le regard bienveillant de Jean-Marie, mon petit Michel… Autrefois, je l'ai bien connu, quand j'habitais La Trinité.

À ces mots, la Goulue s'extirpa de sa robe-sac et

de sa gaine saumonée pour se retrouver bientôt affreusement nue, aux côtés d'un Gabriel Lecouvreur pâle comme un linge.

Elle le fit s'allonger sur le matelas, s'épongea la gorge et les aisselles avec un dernier Kleenex, puis projeta sur lui son quintal de saindoux.

– À nous deux mon gaillard ! éructa-t-elle en s'agrippant à ses épaules.

Je voudrais mourir, pensa le Poulpe, c'est un cauchemar...

Son corps était comme frappé d'aboulie. Rien à faire, il ne parvenait pas à réagir...

– Fais-moi mal ! arrache-moi les seins ! hurlait la Goulue en secouant la tête comme une possédée, plante-moi ta fourche...

Étouffant sous le poids des deux énormes mamelles et incommodé par des effluves insistants, le Poulpe se sentait à deux doigts d'abandonner son petit déjeuner au linoléum.

Le rictus du borgne accroché au mur l'y encourageait vivement.

Soudain, le téléphone se mit à sonner.

La Goulue hissa péniblement son corps à la verticale puis se dandina en ronchonnant jusqu'au bureau contigu.

Dès ce soir, j'irai à l'église de Pléneuf brûler un cierge à France Télécom, souffla Gabriel en s'essuyant le front.

– Allô !

– ...C'est Marie-Annick, ça ne va pas du tout, je...

Gabriel eut juste le temps de reconnaître la fiancée de Mathurin. La Goulue coupa aussitôt le haut-parleur.

– Ne t'inquiète pas, surtout ne dis rien, on contrôle la situation… On t'a promis ce boulot, tu l'auras… Ne panique pas, tout va bien… Tu es chez toi, là ? Bon, ne bouge pas, je passe te voir… À tout de suite.

La Goulue revint sur ses pas pour fermer la porte puis Gabriel l'entendit décrocher une nouvelle fois son combiné. Sorti brusquement de sa léthargie, il se leva d'un bond et colla son oreille contre la cloison.

– Allô ! Joseph ? C'est Denise. Je ne sens pas la petite conne, je crois qu'elle est en train de nous filer entre les doigts… Il faut régler ça une bonne fois pour toutes… Oui, aux Galimènes… À ce soir mon biquet…

Le Poulpe ramassa à la hâte les affaires prêtées par Hervé, ouvrit la fenêtre et sauta dans la cour sans demander son reste. En courant sur le gravillon vêtu de son seul mini-slip léopard, il put encore entendre les derniers mots de la Goulue :

– Je suis à toi mon chéri…

Une fois dans la rue, il enfila rapidement les vêtements et remonta sur son vélo.

Bernard Hinault qui rentrait justement chez lui s'amusa de cet étrange manège.

– On ne s'ennuie pas chez la Goulue ! plaisanta le blaireau.

Le Poulpe n'ignorait pas que désormais la survie de Marie-Annick ne dépendait plus que de lui. Installé en danseuse, il se mit à pédaler comme un fou, à s'en faire exploser les ligaments, mais chaque minute comptait… Il fallait absolument arriver avant les autres…

Il dut demander son chemin à plusieurs reprises et ne parvint finalement au lotissement des Galimènes que vingt bonnes minutes plus tard.

À bout de souffle, il jeta son vélo au pied de l'immeuble et monta les marches quatre à quatre, habité par un mauvais pressentiment.

Quelques minutes plus tôt en effet, une BMW noire l'avait croisé à vive allure sur la petite route départementale, et le regard cruel de son conducteur lui avait glacé le sang.

La porte de l'appartement était entrebâillée. Des pleurs se faisaient entendre.

Le Poulpe remarqua tout de suite la fenêtre ouverte. Il s'y précipita pour constater avec amertume que son pressentiment était fondé.

Marie-Annick gisait en contrebas du cinquième étage, le corps atrocement désarticulé.

Prévenue du drame par les enfants qui jouaient dans la cour, la gardienne était entrée quelques minutes plus tôt en utilisant son double des clés.

– La pauvre, fallait-y qu'elle soit malheureuse quand même..., sanglota-t-elle.

– Pour en arriver là, elle devait bien l'aimer son Mathurin, ajouta la voisine de palier.

Voilà sans doute la version que retiendront les journaux dans leur prochaine édition, enragea Gabriel.

Il se sentait à la fois coupable et profondément malheureux de ne pas être arrivé plus tôt sur les lieux.

– Ils paieront leurs crimes au centuple ces salauds, se jura-t-il à lui-même.

Dialogue de sourds

Jean-Marc Le Flur cala son embonpoint au fond du fauteuil de cuir beige puis regarda tour à tour Gérard Vorbon, Lucien Collet et Hervé Le Bihan en croisant nerveusement les doigts.

– Croyez-bien, messieurs, que je suis tout comme vous sensible à la question de l'environnement, mais, en tant qu'élu, je suis également attaché au dynamisme économique de notre région, c'est-à-dire pour une bonne part à celui de son agriculture...

Hervé se contint difficilement.

– Mais quel dynamisme économique ? Vous savez bien que l'élevage intensif coûte plus qu'il ne rapporte et que le système ne survit que grâce aux aides de l'État. Expliquez-nous, monsieur le député, pourquoi, alors que tous les autres pays réduisent leur production, le plan État-Région 1994-1998 prévoit encore cent millions d'aides à la production porcine bretonne ?

– ... En l'an 2000 à ce rythme, c'est 80 % des ressources bretonnes en eau potable qui seront polluées, ajouta Gérard Vorbon. Chaque mois, monsieur Le Flur, c'est deux Amoco-Cadiz de lisier qui se déversent dans nos rivières. Il faut stopper cette marée brune ou c'est tout l'équilibre écologique de la Bretagne et la santé de ses habitants qui seront remis en cause !

– Allons, allons, mes amis, ne caricaturez pas la situation, fit Le Flur dans un sourire jaunissant. Vous savez très bien que les usines de dénitratation comme celles de Pont-L'Abbé ou de Landerneau vont doubler leur capacité d'ici à deux ans. Ne dites pas que nous restons les bras croisés... Croyez-moi, messieurs, en matière d'écologie, vous n'avez pas le monopole du cœur...

– Elles coûtent des fortunes, ces usines, rétorqua Gérard Vorbon en tapant du poing sur le bureau du notable. Pour des résultats médiocres... c'est de la folie ! Les gros éleveurs prétextent toujours des améliorations dans le traitement du lisier pour augmenter leur cheptel. Dans l'escalade entre dépollution et pollution, c'est toujours la pollution qui aura le dernier mot ! Il faut traiter le problème à la base et la base c'est ce modèle de développement productiviste que nous rejetons !

– Nous devons adopter des normes de production qui tiennent compte de l'intérêt du citoyen, du consommateur et du contribuable, renchérit Lucien.

– Notre seul avenir est dans l'agriculture biologique ! assena Hervé en traquant le regard fuyant du député.

– Écoutez, messieurs, répondit celui-ci avec un soupçon de condescendance, je vous écoute avec intérêt, mais j'ai une circonscription à gérer, moi, avec des problèmes économiques et humains bien réels. Je pense que si les électeurs m'ont apporté par deux fois leurs suffrages, c'est peut-être que je ne les défends pas si mal, non ? Croyez-moi, le système actuel n'est pas si mauvais. Sur certains points il doit être amendé, je suis le premier à en convenir, mais avec tous ses défauts, c'est le seul modèle de développement économique viable pour notre région.

– Monsieur le député, reprit Hervé d'un ton un peu las, en venant vous voir ce matin, nous n'espérions pas vous convaincre des vertus de l'agriculture biologique. Nous vous demandons simplement de bien vouloir faire appliquer la loi, c'est-à-dire d'interdire toute construction ou extension d'élevages industriels dans votre circonscription, de faire respecter les limitations du nombre de têtes par exploitation et d'appliquer les décisions de justice à l'encontre des élevages en infraction, contrairement à ce qui a cours aujourd'hui.

– Vous avez ma parole, affirma Le Flur, qui sentait avec joie l'entretien tirer sur sa fin. Je m'en entretiendrai avec le préfet dès cet après-midi… À propos, je suppose que vous serez de la manifestation demain ?

– Ça c'est certain ! s'exclama Gérard Vorbon en donnant le signal du départ. Nous n'allons sûrement pas abandonner la rue aux assassins de la nature…

Le député raccompagna les trois hommes vers la sortie en les gratifiant d'une poignée de main chiraquienne et d'un sourire définitivement jaune.

– Je vous demande simplement une chose, messieurs, ne cherchez pas l'affrontement… dans l'intérêt de tous. Ne répondez pas aux provocations s'il y en a… La violence ne résout jamais rien…

Ou il se prend pour Martin Luther King, pensa Lucien amusé, ou il craint pour sa réélection.

– Les fauteurs de troubles, ça n'est jamais nous, répondit sèchement le président des Verts-Bretagne. Réservez plutôt vos bons conseils à ceux d'en face !

– En tout cas nous comptons sur vous, monsieur le député, rappela Hervé en quittant la permanence. Nous n'oublierons pas vos promesses…

– Cochon qui s'en dédit ! lança le vieil écolo.

– Tiens regarde, Lucien, qu'est-ce que je te disais !

Gabriel tendit le *Ouest-France* du jour à son ami et pointa du doigt l'article relatant la mort de Marie-Annick Kerlaouézo.

– « *Suicide de la fiancée de Mathurin Talbourdet... rapport de gendarmerie... tragique histoire d'amour... solitude pesante... encore et toujours l'alcoolisme...* » Voilà l'information locale selon *Ouest-France* ! enragea le vieux célibataire.

– La presse quotidienne se résume souvent à ses initiales, ironisa le Poulpe. En tout cas, le pauvre Mathurin, il s'est vraiment jeté dans la gueule du loup en allant voir la maquerelle d'Yffiniac...

À cet instant, un groupe d'une vingtaine d'agriculteurs entra dans le bar-tabac le Du Guesclin et investit entièrement le comptoir, encadré par un grand type au visage couturé.

Gabriel et Lucien se tassèrent à leur petite table et mimèrent une lecture attentive du quotidien régional.

– Patron, prépare-nous dix grandes carafes de vin rouge et un casse-croûte pour chacun ! C'est moi qui régale..., s'écria l'homme avec une fausse bonhomie.

– Je crois que c'est un des adjoints de Goubels, fit Lucien à voix basse, un ancien du SAC...

Les paysans, des hommes solides et en pleine force de l'âge, semblaient mal à l'aise.

– Ne vous en faites pas, les gars, ça va bien se passer, reprit leur chef, il faut seulement leur foutre un peu les jetons, aux autorités... N'oubliez pas que c'est pour la survie du monde paysan qu'on se bat... On forme tous une grande famille, hein ? Mais il faut que chacun y mette du sien...

Kermarrec, Le Floch, vous me préparerez un rapport en fin de journée sur le comportement de vos camarades. Je ne veux pas de tire-au-flanc... C'est clair ?

Les petits éleveurs opinèrent du béret sans grande conviction.

– Allez les gars, poursuivit l'ancien du Service d'action civique, buvez maintenant ! Rien de tel qu'un peu de pinard pour se donner du cœur au ventre...

– On se croirait en 14-18 avant une offensive, souffla Gabriel à son voisin de table. Un petit coup de rouge et en avant, sinon c'est une balle dans la nuque !

– Allons rejoindre Hervé et les autres, l'ami, suggéra le vieil homme, il vaut mieux ne pas moisir ici.

Les deux hommes conclurent rapidement leur petit déjeuner et quittèrent le bar sur la pointe des pieds.

En sortant, ils tombèrent nez à nez avec une colonne de tracteurs qui faisait route vers le centre-ville. Les puissants véhicules tiraient derrière eux des remorques où s'entassaient des dizaines d'agriculteurs à l'air menaçant. Beaucoup d'entre eux, en plus de fourches et de bâtons, étaient équipés de pistolets d'alerte ou de fusils antigrêle.

Ils remarquèrent aussi dans le convoi, derrière les traditionnelles citernes à purin, des charrettes entières remplies de seaux de pierres.

Le Poulpe, qui assistait pour la première fois à une manifestation paysanne, était éberlué.

– C'est une insurrection, ma parole ! Ils vont tout casser…

– Je ne suis pas un novice en la matière, avoua son compagnon, mais là, ça m'effraie. Jamais je n'ai vu pareil déballage…

Au moment de monter dans la petite Coccinelle jaune pour se rendre sur le lieu des opérations, les deux amis trop chevelus se firent copieusement insulter par la horde de paysans excités.

– Pédés ! fainéants ! mauviettes ! hurlaient-ils en leur montrant le poing, on va vous amocher la gueule… !

– Ça promet…, s'exclamèrent simultanément Lucien et Gabriel.

Lorsqu'ils retrouvèrent Hervé, les abords de la préfecture étaient déjà ceinturés par deux compagnies de CRS.

– Beaucoup de responsables ont répondu à l'appel, fit celui-ci, c'est plutôt encourageant… Ça montre qu'il n'y a pas que les écolos qui se sentent concernés… On a déjà distribué des centaines de tracts à la population…

Le Poulpe regarda autour de lui et la disproportion entre les forces en présence le fit frémir.

Les militants et sympathisants écologistes devaient être tout au plus une centaine. S'y ajoutaient quelques militants socialistes, communistes, régionalistes, ainsi que les représentants de différentes associations de défense : la fédération régionale des victimes du Crédit agricole, la SPA ou les citoyens en colère contre le prix de l'eau.

Ces derniers, pour mieux signifier l'objet de leur mécontentement, avaient revêtu des dossards avec l'inscription « Cochon de payant ».

Les pancartes et banderoles étaient d'ailleurs éloquentes des deux côtés. Dans le camp écologiste : « PAC=Pactole », pour dénoncer les aides communautaires aux éleveurs industriels, « S-EAU-S », « Nitrates, ni pesticides »...

Dans l'autre : « Éleveurs en colère », « Touche pas à mon porc ! », « Du blé pour nos gorets, du pognon pour nos cochons ! »...

Les agriculteurs affluaient maintenant par centaines de toutes les rues et ruelles alentour, encerclant de leurs puissantes machines, à la fois les CRS et la petite troupe d'opposants désarmés.

En passant discrètement à proximité d'une voiture de gendarmerie, le Poulpe surprit un curieux échange radio :

– ... Et quand ils chargent, vous les laissez passer, OK ?

– Mais... ils vont tout casser...

– Ordre du préfet, obéissez.

– Bien... À vos ordres mon commandant...

Troublé, Gabriel rejoignit ses compagnons.

– Les paysans ont le champ libre, ils vont faire un malheur...

Hervé s'apprêtait à lui répondre lorsque l'assaut des éleveurs fut soudain donné.

Hommes et tracteurs s'élancèrent dans un bruit de tonnerre en direction du grand bâtiment blanc.

Comme prévu, le cordon de CRS se disloqua entièrement et les agresseurs purent aisément mettre en œuvre les différentes phases de leur plan de saccage.

À l'aide d'un puissant Massey Ferguson, l'une des grilles fut arrachée et plusieurs véhicules introduits à l'intérieur de la cour. Les vannes de deux citernes à lisier furent ouvertes, libérant un torrent de liquide nauséabond sur les pelouses et les parterres fleuris.

Au même moment, une escouade de jeunes agriculteurs conduite par un homme au crâne rasé s'introduisit dans l'Hôtel, et en quelques minutes, on vit passer par les fenêtres fracassées, armoires, bureaux, ordinateurs et autres photocopieuses.

Lorsqu'ils ressortirent de l'établissement, ivres d'alcool et de violence, des flammes s'échappaient de toutes parts et la sirène des pompiers retentissait déjà au loin, comme un cri de détresse.

À l'extérieur, devant la préfecture, les autres barbares en béret n'étaient pas en reste. Des dizaines de voitures renversées et incendiées, des vitrines brisées, des magasins dévastés, des porcs empalés vivants sur les grilles ou éventrés..., tel était le pénible spectacle qui s'offrait aux yeux du Poulpe et de ses amis incrédules.

Certains propriétaires de voitures en flammes se voyaient insultés ou molestés pour avoir voulu sauver leur véhicule, tandis que les CRS qui auraient dû intervenir se tenaient prudemment à l'écart, sans que cela les empêche d'être souvent eux-mêmes pris à partie.

– Que peuvent nos tracts et nos petites campagnes de presse contre cette sauvagerie..., soupira Lucien, désespéré.

– Il faut leur opposer la même violence, rétorqua le Poulpe. Ils ne connaissent que ce langage.

Pour ma part, je ne veux pas partir d'ici sans me payer quelques-uns de ces soudards…

– T'as raison, Gabriel ! fit Hervé, je viens avec toi.

Les deux hommes quittèrent le groupe des pacifistes réfugiés sous un porche puis, armés de courage et de manches de pioches trouvés dans une remorque, se fondirent dans l'épaisse fumée dégagée par les pneux brûlés.

En un quart d'heure de combats acharnés, ils mirent hors d'état de nuire sept ou huit brutes assoiffées de haine, dont un ignoble type rigolard qui s'apprêtait à ouvrir le ventre rond d'une jeune truie.

– Barrons-nous, s'écria bientôt Hervé, ceux-là vont nous mettre en charpie…

Plongé dans la mêlée, le Poulpe n'avait pas remarqué la dizaine de gros bras qui accourait dans leur direction. Il passait d'un adversaire à l'autre, indifférent au danger.

– T'as bouffé du lion, Gabriel ! s'extasia son compagnon lorsqu'ils se furent finalement mis à l'abri.

– Il vaut mieux ça que de la vache folle…

Une heure plus tard, les trois hommes se retrouvèrent dans la ferme d'Hervé, à quelques kilomètres de Saint-Alban.

– Ils ont mis le paquet ces voyous, soupira Lucien en passant de la pommade sur les membres endoloris de son camarade. Il y en a pour des millions de dégâts…

– Peccadilles ! rétorqua le petit brun au visage amoché. Comme maître Capello, l'État va certainement en remettre dix fois plus dans le nourrain.

– Jolie tirelire ! s'exclama Gabriel.

– On se demande quand ça va finir, reprit Hervé, d'un air las. À quoi bon continuer à soutenir l'élevage intensif quand on a un million de tonnes de viande en stock dans les frigos de la CEE ? C'est une aberration ! Quand est-ce que les politiques vont comprendre que l'avenir c'est l'agriculture biologique ! ?

Il faut progressivement supprimer l'élevage hors-sol, il faut que nos bêtes puissent manger de l'herbe et pas toutes ces saloperies... Bon Dieu, c'est pourtant pas les pâturages qui manquent dans ce pays !

– Tu te rends compte, Gabriel, intervint Lucien, qu'il y a des abattoirs dans le coin qui tournent à six mille porcs par jour ! huit cents à l'heure ! Quand on pense à ce que représentait le jour du cochon il n'y a pas si longtemps...

– Moi, j'aime mon métier, et mon métier, c'est pas chasseur de primes : « prime à la jachère », « prime de cessation laitière », « prime pour l'enfouissement des patates », « prime spéciale aux bovins mâles »... Ils ne savent plus quoi inventer pour traire l'État et la CEE, tous ces pourris de la Fédération... Avec ma femme et mes deux petits, on est bien ici, même si la vie n'est pas toujours rose. On voudrait seulement que les choses changent un peu du côté de ceux qui nous gouvernent. Mais je suis un têtu, je me battrai jusqu'au bout... Foi de Costarmoricain !

À cet instant, la femme d'Hervé, une jolie brune solidement charpentée, entra dans la pièce.

– Tiens, Chantal, justement je parlais de toi...

Tu connais déjà Lucien… Je te présente Gabriel, un ami de Paris.

La jeune femme s'assit un instant pour vider le petit verre de goutte rituel, puis proposa au Poulpe de lui montrer les animaux de la ferme.

– Ici, on fait de la vache, du cochon, un peu de lapin… Nos bêtes sont nourries comme des princesses : de l'herbe en été, du foin et un peu de maïs en hiver. Regardez mes pensionnaires si elles n'ont pas bonne mine ?

Gabriel observa la vingtaine de vaches broutant paisiblement dans une prairie verdoyante. Loin de cet enfer concentrationnaire évoqué par les écologistes et les amis des animaux.

– Je les connais toutes par leur petit nom, s'exclama gaiement Chantal. Voici la Linda, la Karen, l'Estelle… Tiens, celle-ci qui s'approche de la clôture, c'est la Claudia, ma meilleure laitière, et celle-là au fond, la petite noiraude, c'est la Naomi…

– Elles sont superbes, fit Gabriel.

– C'est vrai que le travail est dur à la ferme, surtout avec les menaces de la Fédération, mais je suis heureuse ici, avec ma petite famille et mes bêtes…

Puis se tournant soudain vers le visiteur :

– Ça doit quand même être beau, Paris, non ? Les grands restaurants, les palaces, la haute couture… ?

– Les habitants de la capitale ne s'appellent pas les capitalistes… enfin pas tous.

Chantal se cacha la bouche pour rire.

– C'est vrai… que je suis bête ! C'est la mauvaise influence des magazines…

Un peu plus tard, en se baissant pour mieux voir

les lapins dans leurs grands clapiers, les corps des deux jeunes gens se frôlèrent durant un bref instant.

Gabriel croisa le regard de la robuste fermière et sentit qu'il ne lui était pas indifférent.

– T'es un beau gars, Gabriel. Quelquefois, je me dis que j'irais bien voir ailleurs de temps en temps, mais j'en ferai jamais rien... Mon Hervé, je le tromperais pour rien au monde...

La bête immonde pousse ses pions

La Safrane noire stoppa brusquement sur le port du Légué et trois hommes en descendirent dans une agitation extrême.

– Vous m'entendez, Le Flur, j'exige que vous fassiez libérer immédiatement mes militants !

– Goubels a raison, s'écria Martin Guillaume les joues en feu. On n'a pas le droit de les laisser tomber. Je considère pour ma part leur libération comme un préalable indispensable à toute négociation.

– Je vous en prie, messieurs, fit le député soucieux d'apaisement, gardez votre calme. Je veux bien faire tout ce qui est en mon pouvoir pour tenter d'arranger les choses, mais avouez que vos hommes n'y sont pas allés avec le dos de la fourche... La préfecture incendiée, tout le centre-ville dévasté, cinq policiers blessés dont deux grièvement. Ça fait quand même beaucoup...

Joseph Goubels laissa éclater sa fureur.

– C'est pour vous, Le Flur, que nous faisons ce sale boulot. C'est nous qui nettoyons les campagnes de vos opposants. Sans nous, les cocos et les socialos vous auraient bouffé depuis longtemps. Ne l'oubliez jamais !

Le chef nationaliste avait saisi le député par le col de son veston et le secouait avec vigueur.

– Bien sûr, bien sûr, Joseph, je ne l'oublie pas, répondit celui-ci en se dégageant difficilement de l'étreinte, mais les ayatollahs de l'environnement sont de plus en plus virulents. L'opinion publique ne suit plus. Elle devient très sensible aux questions d'écologie. Croyez-moi, messieurs, on ne peut plus agir comme il y a cinq ou dix ans... Même *Ouest-France* prend ses distances, c'est pour dire... Il faut faire des concessions, Martin, c'est la seule façon de s'en sortir... Et d'abord, que vos adhérents commencent par respecter les quotas de production ainsi que les nouvelles réglementations...

Guillaume et Goubels échangèrent un bref regard complice puis le responsable local de la FN-SEA reprit la parole.

– OK. Nous allons faire des concessions puisqu'il le faut...

Le député tendit l'oreille, un peu surpris.

– Vous allez pouvoir rassurer les écolos. À partir d'aujourd'hui, les quotas de production seront rigoureusement respectés par mes adhérents. Je m'en porte garant.

Pendant un instant, on n'entendit plus dans la nuit tombante que le cri des mouettes et la sirène d'un chalutier rentrant au port.

– Mais en échange, reprit Guillaume le visage tourné vers le large, nous exigeons de l'État non seulement la libération de nos amis détenus, mais également des aides immédiates pour nous restructurer. Une enveloppe de deux cents millions me paraît raisonnable.

– Je vais faire tout mon possible pour vous l'obtenir. Après le grabuge de cet après-midi, le ministre ne pourra pas rester insensible à vos engagements. Mais promettez-moi de ne plus troubler ainsi la paix civile. Ça va finir par se retourner contre nous…

Contre toi, lopette, pensa Goubels le sourire en coin, pas contre nous, au contraire… Quand ils en auront marre de tout ce bordel, les braves gens réclameront de l'ordre et l'ordre c'est nous.

– Promis juré, monsieur le député, assura Martin Guillaume. Mais ne vous inquiétez pas pour aujourd'hui. Vous verrez que les médias retiendront surtout l'hystérie des écolos.

– Souhaitons-le de tout cœur, messieurs. Vous savez comme moi combien la confiance des électeurs est volatile, soupira Le Flur en reprenant le volant de la voiture officielle.

Goubels se pencha à l'oreille du responsable de la FNSEA.

– Cochon de politicard ! Il vendrait sa mère aux bougnoules pour conserver son siège…

Le Poulpe rencontre la pieuvre verte

Le Poulpe et Vanessa arrivèrent à Ploufragan en début d'après-midi.

Sous le soleil estival qui irradiait la vieille cité bretonne, l'immeuble de verre du Crédit agricole aux allures de palais futuriste paraissait écraser les petites maisons environnantes de sa toute-puissance.

La Twingo rose se gara sur le parking privé de la banque.

Vanessa en descendit, simplement vêtue d'une minijupe de Skaï argenté, d'un tee-shirt orange ultra-moulant aux couleurs de *Porc Magazine* et d'une paire de Reebok blanches à talons compensés.

Le Poulpe, lui, s'était composé une tenue de publicitaire, en suivant les indications que la jeune femme lui avait fournies. Ignorant tout de ces professions hautement inutiles selon lui, il n'avait pas la moindre idée de ce que pouvait être l'accoutrement de ces énergumènes.

Des cheveux pris dans un catogan, une fine moustache relevée aux pointes, une veste rouge trop large agrémentée d'un nœud papillon vert et un pantalon à pinces écossais en faisaient un fils de pub acceptable.

Seules les santiags détonaient un peu d'après Vanessa, mais bien vernies, ça pourrait passer.

Cette fâcheuse impression d'être déguisé en guignol était cependant largement compensée à ses yeux par la nécessité qu'il avait d'être discret depuis les échauffourées de l'avant-veille. Son portrait-robot devait déjà largement circuler entre les mains de la crapule locale.

Tous deux pénétrèrent dans le hall d'accueil et se firent annoncer au standard.

Dans ce vaste espace, s'affichait en lettres géantes le slogan de la banque verte « L'imagination dans le bon sens » ainsi que d'immenses panneaux photographiques vantant les mérites de l'agriculture française moderne.

Ces familles de paysans souriants, ces machines agricoles étincelantes, ces champs de blé trop jaunes, ces porcs trop propres, toutes ces images artificielles de bonheur collectif mirent le Poulpe mal à l'aise.

Pour se rappeler à des sensations plus plaisantes, il laissa glisser son regard sur les jambes bronzées de Vanessa qu'il avait si longuement caressées quelques heures plus tôt.

Le standard avertit les deux compères que le directeur de la caisse régionale était prêt à les recevoir.

Gabriel et Vanessa prirent l'ascenseur jusqu'au dernier étage et furent accueillis à l'ouverture des portes par Gilles Le Gall lui-même.

– Vanessa Bouchardeau, je présume, dit-il en lorgnant pesamment sur les rondeurs de la jeune femme ; je suis ravi de vous connaître de visu. Moi qui pensais que vous n'étiez qu'une voix, je m'aperçois aujourd'hui que j'étais loin du compte…

Gabriel ressentit instantanément une haine féroce envers l'individu au physique de play-boy qui baisait la main de Vanessa et arbora difficilement le sourire que lui imposait son rôle.

– Pierre-Joseph Proudhonez… je suis un collègue de mademoiselle Bouchardeau…

– Monsieur Proudhonez effectue un stage de formation à *Porc Magazine*…, s'empressa d'ajouter Vanessa, il travaille habituellement pour un autre titre du groupe, *L'Éleveur de lapins*. Monsieur de Boisjoli tient beaucoup à ce que les chefs de publicité aient une bonne connaissance des différents secteurs d'activité.

– Je comprends, fit Gilles Le Gall en invitant ses deux visiteurs à le suivre, chez nous aussi le turn-over est un principe cardinal.

Au passage du petit groupe, des subordonnés croisés dans les couloirs s'effaçaient obséquieusement devant l'homme de pouvoir puis se retournaient immanquablement sur Vanessa afin de ne rien manquer du spectacle de sa féminité.

Ils ricanaient, soupiraient, se gaussaient de ce qui sans doute constituerait le plat de résistance de leurs conversations durant deux bonnes semaines.

– Installez-vous je vous prie, fit l'homme plein d'assurance en désignant les deux fauteuils de cuir design. Désirez-vous un café ?

Gabriel et Vanessa acceptèrent volontiers.

Des photos personnelles du directeur de la caisse régionale tapissaient les murs de la grande pièce ensoleillée par les baies vitrées : Gilles Le Gall sautant en parachute, Gilles Le Gall en tenue de kendo, Gilles Le Gall au salon de l'agriculture, Gilles Le Gall aux Philippines, Gilles Le Gall sur un voilier, entouré de jolies femmes…

L'humilité ne semblait pas la vertu la mieux distribuée chez ce haut responsable de la banque verte.

– Avez-vous lu notre article sur le cinquantenaire de la Fédération dans le dernier numéro ? demanda Vanessa en sortant de son petit cartable un exemplaire de *Porc Magazine*. Vous l'avez trouvé comment ?

Le sourire émaillé de Gilles Le Gall se figea soudain dans une expression de dureté.

– Je l'ai trouvé mauvais, mademoiselle Bouchardeau, très mauvais. Pour ne rien vous cacher, je m'apprêtais à en référer à Boisjoli avant de savoir que vous me rendriez visite.

Il alluma une Rothman's bleue et abaissa son regard vers le bourg de Ploufragan qui semblait se presser à ses pieds.

– Quel est le petit branleur qui a écrit ça ?

– Euh, hésita Vanessa, c'est Régis Le Moy, un de nos meilleurs rédacteurs. Il a beaucoup travaillé sur le sujet...

– Vous me le foutrez dehors. Je ne veux plus qu'il écrive une seule ligne chez vous.

– Mais monsieur Le Gall, tout le monde au journal a trouvé l'article très bon...

– Écoutez mademoiselle, ne m'obligez pas une fois de plus à mettre les points sur les i. Le problème s'est déjà posé il y a deux ans pour le centenaire de la banque. Je ne veux plus de ce genre de papiers...

– Qu'est-ce que vous lui reprochez ? lâcha le Poulpe.

Gilles Le Gall parut un peu désarçonné par la question.

– Attendez, monsieur... Proudhonez, vous savez lire ou pas ?

Il retourna violemment le magazine ouvert devant Gabriel et pointa du doigt certains passages de l'article...

– « Surendettement des éleveurs orchestré par le Crédit agricole... », « mauvais choix stratégi-

ques... », « *situation de monopole préjudiciable...* ». Qu'est-ce que ça vient foutre là, ce genre de remarques, vous vous prenez pour *Le Canard enchaîné* ? On ne vous demande pas d'exprimer vos opinions, on vous demande seulement de faire passer un message, le nôtre !

Gabriel s'apprêtait à répliquer lorsque Vanessa lui adressa un violent coup de genou.

– Excusez-nous, monsieur Le Gall, ça ne se reproduira pas... Mais vous savez comment sont les journalistes... ils n'aiment jamais beaucoup être bridés...

– Ne me faites pas rigoler, mademoiselle Bouchardeau... On leur demande de noircir du papier, aux journaleux, pas de se prendre pour Robin des bois ! Ils sont 80 % au chômage aujourd'hui... inutile de prendre des pincettes avec eux. S'ils ne marchent pas droit, vous les balancez et vous en prenez de plus coopératifs...

Quelle ordure, pensa Gabriel, je lui casserais bien volontiers sa sale gueule de surfer.

– Enfin, Vanessa, je compte sur vous à l'avenir, reprit Le Gall en affichant de nouveau son sourire carnassier. Je crois que nous avons encore une quinzaine de pages de publicité d'ici à la fin de l'année. Ce serait vraiment dommage de tout remettre en question... À propos... les cafés... ma secrétaire a dû les oublier, excusez-moi un instant.

Tandis que Gilles Le Gall quittait son bureau, une idée traversa la tête de Gabriel.

Il prit la grande bouteille d'eau de Plancoët qui trônait à côté du téléphone, la vida dans le bac à plantes et se précipita au robinet du lave-mains.

Vanessa suivit son petit manège avec intérêt.

– C'est petit, lui glissa-t-elle à l'oreille.

– … mais ça fait du bien…, rétorqua Gabriel, satisfait.

Avant le retour de Le Gall, le Poulpe eut encore le temps de remarquer au pied de l'armoire une caisse pleine d'autocollants fraîchement imprimés sur lesquels en se tordant le cou il put lire : « La France, aimez-la ou quittez-la ! » Il y distingua aussi la sinistre flamme aux trois couleurs.

– Ce salaud se sert de l'argent de la banque pour la propagande du FN, murmura-t-il à Vanessa.

Une vieille sentence chinoise lui revint opportunément à l'esprit : *« Il suffit d'un morceau de viande corrompue pour gâter le bouillon de toute la marmite »*.

– Voici vos cafés ! fit Le Gall, tout sourire, en se réinstallant à son bureau. Vous savez, sans nous et nos amis de la Fédération, les paysans laboureraient encore à cheval et on ne serait pas aujourd'hui les champions du monde de l'élevage porcin… L'or rose c'est nous… Ce n'est pas un hasard si nous contrôlons 90 % de l'agriculture française… Rien ne peut se faire sans nous ici… Ceux qui ont voulu nous abattre se sont toujours cassé les dents. Nous sommes les plus forts parce que nous avons l'argent…

– C'est vrai que Crédit agricole et Chiffre d'affaires ont les mêmes initiales, lança imprudemment le Poulpe.

Un ange passa.

– Vous avez de l'esprit, monsieur Proudhonec, il en faut dans la publicité… Mais dites-moi, il y a combien de temps que vous travaillez aux Éditions de Boisjoli ?

– Eh bien, presque trois mois déjà..., balbutia Gabriel.

– Monsieur Proudhonec a longtemps travaillé dans la presse aéronautique, précisa Vanessa qui connaissait la passion du Poulpe pour les coucous. L'agriculture est encore un monde nouveau pour lui...

– Je comprends mieux maintenant votre art du rase-mottes, monsieur Proudhonec, ironisa Le Gall en découvrant ses canines acérées. Serez-vous des nôtres pour les festivités ?

– Je ne voudrais manquer ça pour rien au monde, répondit Gabriel qui n'avait jamais été plus sincère.

– J'espère, Vanessa, que vos scribouillards vont nous faire mousser tout ça ?

– Bien sûr, monsieur Le Gall, monsieur de Boisjoli viendra en personne avec deux journalistes. Il tient à ce que *Porc Magazine* s'associe étroitement à cette manifestation... Nous aurons une interview de vous-même, bien sûr, un entretien avec monsieur Guillaume et monsieur Le Flur, et un grand reportage sur la soirée en quatre ou six pages...

– Bien, parfait... ah oui, autre chose... Je crois, et Guillaume pense aussi comme moi, qu'il serait judicieux de faire un article dans le prochain numéro sur la manifestation d'avant-hier et ses débordements. Il faut m'assassiner les écolos...

Je vais me le faire tout de suite, pensa Gabriel en s'accrochant aux accoudoirs du fauteuil.

– Tenez Vanessa, voici des photos qui ont été prises pendant la manifestation. On y voit des paysans et des gendarmes tabassés par les amis de la nature... il faut m'en coller plein l'article...

Le Poulpe reconnut sur les clichés des provocateurs du FN à l'œuvre. Ces images allaient probablement faire le tour des médias.

– Si vous me mettez cette photo à la une, je vous achète la quatrième de couverture au prix fort. À vous de voir, belle enfant..., ajouta Le Gall en se servant un grand verre d'eau.

L'image en question représentait deux types piétinant le visage ensanglanté d'un jeune gendarme. Les agresseurs avaient tous deux l'allure de parfaits écolos, barbiche, cheveux longs et pull de grosse laine en prime.

– J'en parlerai avec monsieur de Boisjoli, fit celle-ci, le sourire commercial vissé aux lèvres, mais ça ne devrait pas poser de problèmes.

– Bien, je ne vais pas vous retenir plus longtemps, fit Gilles Le Gall en se levant, aussitôt imité par ses visiteurs. Je vous dis donc à vendredi et bon séjour dans notre région !

Il serra la main de Gabriel et retint Vanessa par le bras.

– Permettez-moi de vous offrir un verre ce soir, Vanessa. J'aimerais vous revoir dans un cadre un peu plus intime...

– D'accord, fit la jeune femme en lui tendant sa carte, appelez-moi à mon hôtel en fin d'après-midi...

Une fois dans l'ascenseur, Gabriel afficha son agacement.

– Quel salopard ! il ne perd rien pour attendre... Comment tu fais pour fréquenter des types pareils ?

– Je suis en mission d'espionnage, on dirait que tu l'oublies, grand chef…

Un silence plana entre le quatrième et le premier étage.

– Dis-moi, Vanessa, c'était quoi cette histoire de lapins tout à l'heure ?

Gabriel, de nature méfiante, avait cru déceler dans cette information inutile une allusion à sa piteuse performance matinale sous la douche.

La jeune femme se contenta de sourire.

Ils sont venus,
ils sont tous là

Les abords de la salle des fêtes de Plérin étaient en pleine effervescence. D'imposantes 605, des XM rutilantes ou des Range Rover dernier cri se croisaient sur le parking en un étourdissant manège. Les paysans qui descendaient des puissantes machines s'interpellaient bruyamment puis se donnaient l'accolade pendant de longues secondes, tandis qu'à l'entrée quelques gros bras délégués par le Front national contrôlaient soigneusement l'identité des participants.

Le responsable local de la FNSEA avait réquisitionné cet espace pour annoncer à ses adhérents des informations de première importance.

« *Messieurs, s'exclama Martin Guillaume lorsque tous furent assis et attentifs, je vous remercie d'avoir répondu aussi vite et aussi nombreux à mon invitation. D'ores et déjà, je peux vous l'an-*

noncer : l'épreuve de force a payé. Notre président Luc Guyau me l'a confirmé hier soir par téléphone. Après négociation avec le ministre de tutelle, notre section départementale vient d'obtenir une aide de deux cents millions de francs ! »

La centaine de gros éleveurs présents dans la salle se leva spontanément et battit des mains en cadence.

« Merci, merci mes amis ! reprit Guillaume en élevant la voix. Cependant nous n'avons pas obtenu ce résultat sans peine, il faut que vous le sachiez. Les années Pompidou-Giscard sont loin désormais. L'Europe et les écolos nous donnent maintenant du fil à retordre. Je me suis donc solennellement engagé, en votre nom, à faire respecter les quotas de production. Que ce soit clair : celui d'entre vous qui manquera à cette obligation ne pourra plus compter sur le soutien de la Fédération et s'exposera donc à des procès à hauts risques. »

Un frisson glacial parcourut la petite assemblée, suivi aussitôt d'un silence de cimetière.

Satisfait de son effet, le responsable reprit la parole en affichant un large sourire à l'intention de ses fortunés adhérents.

« Rassurez-vous, chers amis, la misère n'est pas encore à l'ordre du jour... Je vous avais parlé il y a plusieurs semaines de certaines expérimentations, vous vous en souvenez. Eh bien je peux vous dire aujourd'hui que les résultats des tests vont bien au-delà de nos espérances. »

Martin Guillaume ouvrit son attaché-case et en sortit avec précaution un mystérieux flacon qu'il brandit fièrement en direction de l'assistance pendue à ses lèvres.

« Avec ça, mes amis, croyez-moi, nous allons bientôt baiser les écolos et les culs de plomb de Bruxelles ! »

Une étrange découverte

– Alors, déjà le coup de pompe ?

Gabriel, accroupi sur le bitume, continua de gonfler la roue arrière de sa bicyclette sans prêter attention aux sarcasmes de son hôte et ami. Les trente cyclotouristes bretons allaient en prendre plein la vue, parole de Parisien…

– T'en fais pas ! reprit Lucien, c'est une petite sortie aujourd'hui… Cinquante bornes avec pratiquement que du faux plat, tu vas nous avaler ça cul sec comme une chope de Jeanlain.

Le vieil écolo se retourna en riant vers ses camarades et sursauta soudain.

– Te relève pas, Gabriel, y'a Goubels et ses deux gorilles qui arrivent vers nous…

Flanqué des frères Goaziou, le chef local du FN traversait en effet la place de l'église pour rejoindre la BMW noire garée le long du trottoir.

Le trio, parvenu à la hauteur du groupe, s'apprêtait à le dépasser, lorsque Gabriel, dissimulé derrière les cadres multicolores, tendit brusquement sa pompe entre les pas de l'homme au manteau de cuir.

Celui-ci trébucha et s'étala de tout son long dans la rigole du caniveau.

– Mille fois pardon, monsieur, je suis vraiment désolé..., fit le Poulpe en se redressant, le sourire au coin des lèvres.

Les monstres de foire échangèrent un long regard bovin puis la lumière se fit enfin au fond de leur encéphale nécrosé.

– Ze le reconnais, Rozer, vociféra Jules, la bave aux lèvres, z'est le type qui m'a frappé l'autre zour... z'e vais le tuer...

– Moi auchi, Chules, éructa Roger, ch'est chelui qui dichcutait avec chette chalope de Marie-Annick...

Goubels se releva d'un bond, puis, évaluant le rapport des forces en présence, calma immédiatement les ardeurs meurtrières de ses deux bouledogues.

– Laissez tomber, les jumeaux, ordonna-t-il en soutenant le regard plein de défi du Poulpe. Puis, s'adressant à ce dernier :

– Je ne sais pas qui tu es, toi, mais on se reverra, sois-en sûr...

Sous les regards mi-terrorisés, mi-réjouis des pédaleurs dominicaux, les trois hommes montèrent dans la BMW en faisant claquer les portières et celle-ci démarra en trombe.

– Si la vie nécessitait un permis à points, lâcha Lucien, impressionné par le courage de son ami, tu viendrais d'en perdre dix d'un coup...

Deux heures et deux crevaisons plus tard, Gabriel, lâché par ses camarades et à bout de fatigue, se résolut, au pied de la côte de Saint-René, à frapper à la porte de quelque ferme voisine pour solliciter un peu d'aide. S'ils n'avaient pas le matériel pour réparer son boyau crevé, les gens lui permettraient sans doute de téléphoner à Lucien pour qu'il vienne le chercher en voiture.

Au bout du sentier arboré qu'il avait emprunté, sa bicyclette à la main, le Poulpe découvrit une somptueuse maison en pierre de taille, entourée de courts de tennis et d'un petit lac artificiel.

Il repensa en riant au sketch de Fernand Raynaud : « Oh nous, on est des pauv' paysans... »

À quelques centaines de mètres de là, provenant d'un énorme bâtiment en préfabriqué, lui parvint la rumeur assourdie de milliers de grognements.

Aucun doute, se dit-il, il s'agit là d'une de ces fameuses porcheries industrielles.

Se laissant guider par son instinct, Gabriel s'approcha avec précaution de la superbe bâtisse et posa son vélo contre le mur de façade.

Une Porsche 235 jaune stationnait au pied du perron, tandis que deux autres voitures de la même marque étaient garées un peu plus loin sous un hangar.

Après la porcherie, la « Porscherie »..., songea-t-il amusé.

Marchant sur la pointe des pieds, il fit quelques pas vers une fenêtre entrouverte sous laquelle il se posta. Une étrange conversation s'y tenait en effet dont il ne percevait malheureusement que des bribes :

– ... mille francs l'unité, ... en trois mois ... des mammouths ! ... doubler vos bénéfices...

– ...vingt dioux... curieux d'voir ça... si c'est Martin qui l'dit...

– … quarante mille cash… c'est ça, en liquide… pas cher ! … OK ?… top secret !… attendez la nuit…

– Demain minuit … méfiance, méfiance… asteure… tope là, mon gars ! …

Gabriel en était là de ce sibyllin dialogue lorsque deux bergers allemands ayant remarqué sa présence incongrue s'élancèrent vers lui, toutes canines acérées dehors.

Oubliant ses mollets douloureux, ou plutôt dans la crainte de douleurs à venir plus cruelles encore, le Poulpe grimpa sur sa bicyclette et entama un sprint à s'en verdir le maillot.

Pour sa grande chance, les deux toutous, sans doute trop bien nourris par leur maître opulent, se détournèrent très vite d'un bifteck aussi agité, permettant ainsi à Gabriel de sortir sans dommage d'une assez mauvaise passe.

L'amour chez ces gens-là

L'homme au visage taillé à la serpe actionna la télécommande du magnétoscope et une image de qualité médiocre apparut à l'écran.

Sur celle-ci, un troupeau de verrats de couleur sombre était conduit par des hommes à l'aspect exotique jusqu'au centre d'une grande place en terre battue. Tout un village semblait s'être rassemblé là pour une cérémonie importante.

– Qu'est-ce que c'est, mon biquet ? demanda la grosse femme transpirante en retirant sa gaine.

Le dirigeant du FN observa son reflet dans une

glace et se trouva un air méchant qui le mit d'excellente humeur.

– C'est un sacrifice de porcs chez les Torajas, dans l'île de Sulawesi. Chaque année, ils tuent la moitié des jeunes mâles pour s'attirer les bonnes grâces de leurs dieux. C'est Jürgen, mon ami bavarois, qui a fait le film pendant ses vacances.

– Ça me paraît rudement excitant, tout ça ! s'enthousiasma la Goulue. J'en ai déjà l'eau à la bouche… Allez, Joseph, en piste !

Goubels se défit lentement de sa chemise noire et de son pantalon à pinces tandis que sa volumineuse partenaire prenait la pose sur le tapis du salon.

À l'écran, les choses prenaient également tournure.

Deux solides Indonésiens se saisirent d'un goret et le présentèrent à un personnage au port hiératique, qui devait être le sacrificateur. Celui-ci ouvrit un coffret de métal blanc et en sortit un petit poignard à la lame effilée qu'il passa aussitôt sous la gorge de l'animal aux yeux exorbités.

Un épais liquide rouge jaillit à gros bouillons de l'entaille et tomba en cascade sur la terre argileuse.

– Ça te plaît, la Goulue ? s'écria Goubels en lui mordant la nuque.

– Oh oui, mon Joseph… fais-moi mal !

L'abattage rituel d'une trentaine de porcs se poursuivit sous les chants et les incantations des femmes du village puis le grand prêtre, après une ultime prière au Ciel, replaça le couteau dans son étui.

Cet instant fut également celui du plaisir conjugué pour Goubels et sa maîtresse.

– Avec toi, la Goulue, c'est vraiment autre chose, s'exclama le chef nationaliste en se dirigeant vers le bar.

– C'est dans les vieux pots qu'on fait la bonne soupe ! reconnut celle-ci, ruisselante de gratitude, mais y'a que toi mon biquet qui sais y mettre les bons ingrédients...

Goubels alluma un cigarillo puis se versa un double-whisky.

– Tu lui as dit la même chose, au soi-disant Bakouninec... ?

Denise Le Goff prit un air gêné.

– Il m'a bien eue, ce cochon...

– Tu n'es pas la seule si ça peut te consoler. Chez Le Gall, il s'est fait passer pour un collègue de la petite pute de *Porc Magazine*. On l'a aussi beaucoup vu pendant la manif aux côtés des écolos.

– Je ne sais pas qui c'est mais ce type s'agite un peu trop à mon goût, Joseph, faudrait voir à calmer ses ardeurs...

– J'attends un dossier des Renseignements généraux et je m'en occupe. J'ai d'ailleurs un compte personnel à régler avec lui.

– À mon avis, reprit la Goulue, il sait tout pour Talbourdet. L'un des jumeaux l'a vu parler avec Marie-Annick pendant le fest-noz de Saint-Alban.

– Si tu m'avais trouvé une fille un peu plus sûre que cette garce, ça ne serait pas arrivé... De toute façon, pas d'inquiétude, on contrôle la situation. Les notables sont à notre botte, soit qu'ils nous craignent, soit qu'ils aient besoin de nous... Cet imbécile de Le Flur fait tout ce qu'on veut du moment qu'on ne touche pas à son siège.

Joseph Goubels devint pensif puis se mit à parcourir nerveusement le salon de long en large en taillant l'espace de gestes saccadés.

– Dans quelques années, on en aura fini avec tous ces parlementaires véreux... fini de devoir traiter avec cette racaille politicienne... Aujourd'hui, on tient les petits commerçants, les paysans, les ouvriers, demain ce sera le tour des employés et personne ne pourra plus nous arrêter sur la route du pouvoir !

La Goulue applaudit vivement à la pauvre harangue de son amant et mentor.

– Tu me magnétises quand tu parles, Joseph... Tu me rappelles la fougue de Jean-Marie il y a vingt ans. Il faut que t'ailles le rejoindre à Paris ! C'est là-bas qu'est ta place...

– Je ne te l'ai pas encore dit, mais le patron m'a promis avant-hier une place au bureau national pour janvier prochain... Il a beaucoup apprécié mon travail dans les Côtes d'Armor.

La Goulue regarda son homme avec admiration.

– À propos, Denise, j'espère que tu nous réserves de jolies poupées pour la grande soirée de vendredi ? N'oublie pas qu'il y aura tous nos chers notables, les principaux éleveurs, les médias... rien que du beau linge...

– T'inquiète pas mon biquet, fit la Goulue en marchant lourdement vers les toilettes. Si tes deux molosses ne massacrent pas toutes mes pensionnaires, j'aurai ce qu'il te faut...

Nouvelles révélations

La Twingo rose de Vanessa Bouchardeau se gara sur la jetée du port de Dahouët.

Courtement vêtue d'une jupe écossaise et d'un bustier de satin vert révélant les replis délicats de son ombilic, la jeune femme sortit avec grâce du curieux véhicule et suivit ses longues jambes jusqu'au bistrot À la belle moule, où l'attendait impatiemment Gabriel.

– Marchons un peu avant de nous mettre à table, proposa ce dernier. Une petite promenade sur la falaise nous mettra en appétit…

– Volontiers, répondit Vanessa en lui claquant quatre fois la bise. C'est pas tous les jours qu'on a un beau soleil. Tiens Gabriel, tant que j'y pense, voilà un Pig-pass pour la grande soirée de la Fédération. Elle va se tenir au château de Bien-Assis. Ça devrait être giga-fun…

Les deux jeunes gens empruntèrent un étroit sentier abrupt bordé de genêts odorants qui les mena rapidement jusqu'à Notre-Dame de la Garde, un ancien lieu de pèlerinage surplombant l'entrée du port. Une statue de la Vierge, protectrice des gens de mer, y était posée sur un socle en granit rose, les avant-bras tendus vers le grand large.

– Je suis sortie avec Le Gall samedi soir, annonça Vanessa en suggérant une halte. Tu vas être content, j'ai appris beaucoup de choses…

– Vas-y, raconte, lâcha Gabriel d'un ton légèrement irrité par l'évocation du banquier.

– Il m'a emmenée prendre un verre au Radeau, un night-club de Binic… Là-bas, on est tombés par hasard sur le frère et la sœur Murdoch... Lui, Bob, est associé à un Italien, Giacomo quelque chose, dans la société Vermeil Productions, une maison spécialisée dans la promotion de vieux artistes...

– Oui, je sais, j'en ai entendu parler...

– Elle, Pamela, c'est la femme de Jean-Marc Le Flur, le député de la circonscription. Tous deux sont les enfants de William Murdoch, le PDG de Murdoch Food Corporation, une grosse entreprise anglaise spécialisée dans l'alimentation porcine. Leur mère, par contre, est bretonne.

– C'est tout ?

– Non. Plus tard, j'ai dansé avec le fils Murdoch. Il avait beaucoup bu et il s'est vanté d'un produit fantastique qui allait le rendre méga plein aux as...

Gabriel songea à un proverbe chinois : *« Sur cent projets d'un riche il y en a quatre-vingt-dix-neuf pour le devenir davantage. »*

– C'est-à-dire ?

Il ne m'a pas dit grand-chose mais d'après ce que j'ai compris, ça donne aux vieux une énergie dingue, en tout cas pendant quelques mois... en fait c'est comme s'ils brûlaient toutes leurs réserves d'un coup.

– ... et puis direction la morgue ! Il doit être de mèche avec les caisses de retraite, ton Murdoch... Et le sympathique Le Gall... ?

– Il n'est pas resté longtemps. Il avait l'air un peu gêné de cette rencontre surprise. Je crois qu'il est en affaires avec les deux autres mais j'en saurai davantage dans deux jours. Je dois revoir le fils Murdoch et son associé...

– Tu ne vas pas me faire croire qu'il s'est contenté de baisemains, le dentier sur pattes ! insista Gabriel.

Vanessa se mit à rire comme une enfant.

– Oh non ! attends, c'était hyper drôle... Sur la route du Radeau, il a stoppé sa Mercedes dans un petit chemin et il a commencé à me tripoter. Bon. Et puis à un moment... on était déjà bien avancés, il est sorti brusquement de la voiture et il s'est mis à courir dans les bois à moitié nu... Tu tiltes ?

– ... L'eau de Plancoët ?

– Exact... il se tenait le ventre, c'était giga hilarant... Je crois bien que j'ai jamais autant ri...

Le Poulpe laissa éclater sa joie.

– Ça lui apprendra à encourager la pollution de l'eau, le banquier... Et puis une turista 100 % française, ça ne devrait pas lui déplaire !

– Total, conclut Vanessa, on n'a pas couché, mais il m'a fait jurer de ne jamais rien raconter à personne, tu vois si je tiens parole...

Gabriel posa sur la jeune femme un regard gentiment réprobateur.

– Tu sais Vanessa, tu n'es pas obligée d'aller avec tous ces salauds...

– Tant qu'on n'a pas couché avec un mec, on ne sait pas ce qu'il a dans la tête, protesta l'accusée, la chevelure offerte au souffle du vent. Tu connais Mata-Hari ? Elle ne s'y prenait pas autrement pour arracher ses secrets.

– Soit, reconnut Gabriel.

– Il m'a proposé un poste d'assistante à la communication interne en septembre, mais ça ne m'intéresse pas trop... Je crois qu'il veut surtout pouvoir me culbuter quand ça lui chante, entre le fax et la photocopieuse... Enfin, je m'en fiche, grâce à toi Gabriel, je vais certainement décrocher un job à la télé, pas vrai ?

– Euh, eh bien... oui, je t'ai dit...

– Te fatigue pas.

– ... Comment ça ?

– Ne te vexe pas si je te dis ça, mais je n'y ai pas cru une seconde à ton histoire de reportage. Un journaliste télé qui se déplace toujours à vélo, sans équipe et sans matériel, c'est un peu strange, non ? Je sais bien que *M6*, au niveau budget, c'est pas *TF1*, mais quand même...

Le Poulpe était interloqué.

– Ben alors... Pourquoi tu as accepté de...

– J'aime bien ta dégaine, ton côté fonceur... Je ne sais pas vraiment qui tu es ni pourquoi tu fais tout ça, mais je m'amuse bien ces jours-ci avec toi, c'est tout ce qui m'intéresse.

Troublé, Gabriel s'approcha de la jeune femme et caressa son visage balayé par les embruns.

Il prit la bouche que Vanessa lui tendait et sentit dans le même temps s'ouvrir la boucle de son ceinturon.

En appui contre le piédestal de granit, les deux amants s'abandonnèrent alors au vertige des sens sous le regard miséricordieux de la Sainte Vierge.

– Attends-nous là, Hervé, on n'en aura pas pour très longtemps.

– Soyez prudents les amis, ces gars-là ne vous feront pas de cadeaux s'ils vous attrapent.

Pour se rassurer, le Poulpe repensa à cette sentence de Lao-tseu dans le Tao-tö-King : *« Le sage ne rencontre pas de difficultés car il vit dans la conscience des difficultés et donc n'en souffre pas »*.

Laissant Hervé au volant de la Coccinelle, Gabriel, Lucien et le chien Gandhi s'enfoncèrent alors dans la nuit en direction de l'immense bâtiment éclairé.

Ils contournèrent la grande maison de pierre par un champ de betteraves et parvinrent rapidement à l'entrée de la porcherie, qu'ils franchirent avec prudence.

À l'intérieur, le vacarme était assourdissant et l'odeur presque insoutenable.

De grands projecteurs disposés aux quatre coins de l'énorme usine à viande jetaient sur les milliers de bêtes grouillantes et grognantes une lumière d'épouvante.

Il doit bien y avoir mille ou mille cinq cents porcs, se dit Gabriel complètement abasourdi.

– On dirait un meeting du Front national, cria-t-il à l'oreille de son ami.

– N'insulte pas ces braves bêtes, ironisa Lucien en prenant Gandhi, tout tremblant, dans ses bras. Et puis les pauvres, elles n'ont sûrement pas l'habitude d'être réveillées comme ça, en pleine nuit.

Remontant une allée latérale en courbant le dos,

les deux amis eurent soudain l'ouïe interpellée par un cri déchirant, digne d'un égorgement.

– Regarde là-bas ! s'exclama le Poulpe, c'est bien ce que je pensais...

Vingt mètres plus loin, au milieu d'un enclos, deux hommes s'affairaient autour d'un jeune goret terrorisé. L'un le tenait par les oreilles tandis que l'autre lui plantait une grosse seringue dans la cuisse.

– Ils piquent les cochons pour accélérer leur croissance... Comme ça, ils peuvent produire plus de viande sans augmenter les cheptels...

– ... ce qui leur permet en apparence de respecter les réglementations, ajouta Lucien, écœuré. Ils nous refont le coup du veau aux hormones. Je croyais pourtant que les vétérinaires véreux avaient été emprisonnés...

– C'est Murdoch, le fils de l'industriel, qui leur vend cette saloperie, j'en suis presque sûr. C'est certainement le même produit que celui qu'il utilise pour ses petits vieux...

– Et puis le père y trouve aussi son compte... Avec des bêtes plus grosses, il vend plus de camelote...

– Allons-nous-en maintenant, on en a assez vu, jugea Gabriel.

Ils retournèrent sur leurs pas et n'étaient plus qu'à une dizaine de mètres de la sortie, lorsque des aboiements furieux retentirent au milieu de la porcherie.

– Revoilà ces sales bêtes ! s'écria le Poulpe en apercevant les deux bergers allemands ; vite, planquons-nous.

Gabriel et Lucien sautèrent dans l'enclos le plus proche, se frayèrent un passage parmi les dizaines de cochons apeurés, et s'accroupirent dans un recoin boueux jusqu'à disparaître complètement derrière la masse rose et remuante.

Les chiens de garde, l'odorat annihilé par l'extrême puanteur du lieu, passèrent et repassèrent à quelques mètres des fuyards sans parvenir à les détecter.

Après quelques minutes d'attente, rassurés par les aboiements qui s'éloignaient, les deux hommes sortirent enfin de leur cachette fangeuse et se précipitèrent vers la sortie.

C'est au moment où ils passaient le seuil du grand portail de tôle ondulée qu'un homme, brusquement surgi de l'ombre, les braqua avec son fusil.

– Plus un geste, mes gaillards ! s'écria celui-ci, j'étais ben sûr d'avoir vu entrer quelqu'un... Bougez plus, nom de Diou, ou je vous transforme en écumoire ! Puis, élevant la voix :

– Eh les gars, v'nez voir un peu c'que j'viens de dénicher !

Les deux autres accoururent en brandissant, l'un une fourche, l'autre un Opinel, modèle neuf ou dix.

– Qu'est-ce qu'on en fait, fit l'un, on leur met la branlée ?

– Attends voir... mais je les reconnais ces bestiaux, s'exclama l'autre. C'est eux qui nous ont cherché des poux pendant la manif...

– C'est que c'est vrai, vingt dioux, moi aussi j'les remets... on va leur démonter la gueule !

– Calmez-vous ! reprit celui au fusil. Ce sont des meneurs écolos... il vaut mieux prévenir Goubels. Ça va sûrement l'intéresser...

La vie du Poulpe ne tient plus qu'à un fil

– Bienvenue messieurs, fit le chef nationaliste en entrant brutalement dans son bureau du 6 rue Parmentier. Rassurez-vous, je ne vous en veux pas de m'avoir fait réveiller en pleine nuit. Je suis flatté au contraire d'accueillir des personnes de votre qualité dans mon humble officine...

Attachés au grand radiateur de fonte, Lucien et Gabriel observaient avec inquiétude les gesticulations cyniques de l'homme en bras de chemise. Son visage maigre mangé par un regard bleu métallique lui eût sans peine au cinéma fait endosser tous les rôles de grands méchants, depuis le docteur Mabuse jusqu'au docteur No.

– Lucien Collet tout d'abord, fit Goubels en ouvrant un dossier vert. Militant écologiste de la première heure... a participé à tous les combats et toutes les manifestations importantes depuis trente ans... Depuis quelque temps, il semblait pourtant que vous aviez raccroché les gants et puis patatras... la rechute ! Quel dommage, monsieur Collet...

– Ensuite... Gabriel Lecouvreur, alias le Poulpe, alias Michel Bakouninec, alias Pierre-Joseph Proudhonez... agitateur gauchiste à la fin des années soixante-dix, auteur d'une attaque contre une librairie d'extrême droite en 79... sans domicile fixe à ce jour mais continue de mener des actions individuelles en dehors des formations gauchistes répertoriées… Ah oui, j'oubliais, ajouta-t-il en ricanant, pratique le cyclotourisme…

Vous voyez, monsieur Lecouvreur, vos agissements, dans la région ou ailleurs, sont loin de m'être complètement inconnus… C'est le privilège d'avoir de bons amis, notamment aux Renseignements généraux…

Goubels referma le dossier à couverture rouge.

– Qu'est-ce que vous allez faire de nous ?

– Drôle de question, Lecouvreur ! J'espère quand même que vous ne vous faites pas trop d'illusions sur l'issue de cet entretien…

Un ange noir passa.

– Dis-moi, le Poulpe, reprit le chef du FN en allumant un cigarillo, d'après toi, qu'est-ce qui nous sépare ?

– Tout, répondit Gabriel sans hésiter.

– Détrompe-toi. Je crois au contraire que nous avons beaucoup de choses en commun… Je suis un combattant comme toi, qui crois à certaines idées et qui suis prêt à les défendre. Comme toi aussi, sans doute, je ne me résigne pas à voir ce pays sombrer dans le crétinisme et la médiocrité…

– Foutez-moi la paix.

– Les temps ont changé, le Poulpe. Gauchiste, fasciste, anarchiste, brigadiste, que sais-je encore… qu'est-ce que ça veut dire aujourd'hui ? L'heure n'est plus aux mesquines divisions. Il faut tous nous unir pour en finir avec les spéculateurs et les corrompus… Aujourd'hui, les seuls vrais contestataires, c'est nous !

– Pure démagogie ! La vraie différence entre nous, Goubels, c'est que vous n'aimez pas les gens… vous les méprisez profondément… Je n'ai rien à voir avec vous.

– Ceux qui les méprisent, ce sont ceux qui ont vendu du sang contaminé, ceux qui nous font manger aujourd'hui de la vache folle, tous ces profiteurs qui nous saignent au nom de Maastricht et de la mondialisation, et dont la seule morale est le fric… Tu es de leur côté ?

– Il vous arrange pourtant bien cet argent sale…

– Ne sois pas naïf, le Poulpe, nous sommes dans une stratégie de conquête du pouvoir, et l'argent est le bienvenu d'où qu'il vienne. La fin justifie les moyens. Mais sois tranquille, tous ces pourris nous donnent aujourd'hui la corde qui les pendra demain.

Gabriel n'en pouvait plus de cette dialectique. Il aurait voulu sauter à la gorge du chef lepéniste pour le forcer à se taire.

– Si vous voulez nous supprimer, Goubels, faites-le tout de suite et qu'on n'en parle plus…

Joseph Goubels quitta son bureau, se planta en face de Gabriel et le regarda pendant de longues secondes, bien au fond des yeux.

– Tu es courageux, le Poulpe, mais tu es tout seul et tout seul tu ne pourras jamais rien changer… Viens te battre avec nous !

Ça y est, il me refait le coup de la Goulue et pourtant je ne suis même pas déguisé…, songea Gabriel énervé.

– Jamais ! plutôt crever !

– Comme tu voudras, imbécile ! lâcha Goubels avec rage. Roger ! Jules ! Venez !

Quelques instants plus tard, Gabriel, Lucien et le fidèle Gandhi, encadrés de leurs trois geôliers, pénétrèrent dans une cour obscure, au milieu de laquelle se dessinaient les contours d'un enclos.

– Messieurs, fit Goubels en actionnant l'interrupteur, je vous présente Bongo et Bokassa...

Les deux amis eurent un mouvement de recul.

Derrière la barrière, deux porcs noirs de dimensions effarantes s'étaient réveillés brusquement et s'agitaient en poussant des cris perçants.

– Gandhi, fit Lucien à son compagnon apeuré, reste près de moi, mon petit chien.

– Neuf cents kilos chacun, reprit le maître des lieux, c'est le résultat d'un anabolisant surpuissant, le G-Mix. Étonnant, non ? Indétectable dans le sang ou les urines. Ces deux-là ont servi pour les expérimentations... Comme les jumeaux ici présents d'ailleurs...

Les deux brutes prirent la pose en gonflant biceps et pectoraux.

– Bon, c'est pas tout ça, s'impatienta leur chef, mais maintenant qu'ils sont réveillés, ils vont réclamer leur petit déjeuner, nos rois nègres...

Avant que chacun prît conscience de son sinistre projet, Goubels attrapa le pauvre épagneul breton par les pattes arrière et le lança dans l'enclos.

– Allez, Mahatma, montre-nous l'efficacité de ta doctrine pour défendre ta peau...

– Non... !!! hurla Lucien, épouvanté.

Les monstrueux verrats ne laissèrent aucune chance au malheureux canidé. En quelques instants d'une lutte féroce pour s'approprier les meilleurs morceaux, ils le déchiquetèrent et l'engloutirent presque entièrement sous les rires amusés des jumeaux Goaziou.

– Hélas, soupira faussement Goubels, dans le cochon tout est bon... sauf le caractère...

Accroché à la manche de son ami, Lucien, sidéré par l'horreur du geste, ne parvenait même pas à pleurer.

– Espèce d'ordure, Goubels, tu n'avais pas besoin de faire ça ! cria le Poulpe.

– Besoin, non... envie, si, mon cher Lecouvreur. Mais tout ça n'était qu'un biscuit apéritif, on va maintenant passer aux choses sérieuses... Commencez à les déshabiller, vous deux...

Jules et Roger Goaziou, obéissant à leur maître, se saisirent des deux prisonniers et commencèrent l'arrachage des vêtements.

– Eh oui, mes amis, reprit Goubels, pardonnez-moi d'offenser ainsi votre pudeur, mais nos rois nègres ne digèrent pas le textile... C'est qu'elles ont l'estomac délicat ces petites bêtes-là... Bien... Ne vous impatientez pas, je vais chercher mon caméscope dans le coffre de la BM et je reviens. La Goulue, dont vous avez une connaissance biblique je crois, Lecouvreur, est très friande de ce genre de spectacles...

Tandis que Goubels s'éloignait, Gabriel chuchota à son compagnon d'infortune quelques mots de réconfort.

– Tout n'est pas perdu, Lucien. Hervé doit forcément préparer quelque chose... Il faut essayer de lui faciliter la tâche.

– Qu'est-che que vous dichiez ? fit l'un des molosses.

– Avec mon ami qui est professeur de sciences, on se disait que le G-Mix est un produit très dangereux à cause du foutrate de penissillium…

– Comment za ? s'inquiéta l'autre.

– Parce que l'espérance de vie de ceux qui en prennent régulièrement est divisée par deux… Ce sont des études sérieuses qui l'affirment… Nous on s'en fiche, on va mourir dans un instant, c'est pour vous…

– Qu'est-che que t'en penches, frérot ?

– Moi, z'veux être coztaud mais z'veux pas mourir zeune…

– Il ch'moque de nous, Chules, méfianche, méfianche…

– Qu'est-ze que t'en zais, Rozer ! Tu réflézis zamais !

– Répète un peu, chac à chaindoux !

– Gros plein de zoupe !…

– Chaligaud !

– Zagouin !

Les deux crétins musculeux se jetèrent l'un sur l'autre et roulèrent au sol en se distribuant de violents coups de poing. Tout occupés qu'ils étaient à régler leur différend fraternel, ils ne perçurent rien de l'opération commando menée par Hervé et ses amis agriculteurs. Ceux-ci, arrivés sur les lieux quelques secondes plus tôt, s'étaient dissimulés derrière des stands de tirs et attendaient l'instant propice pour intervenir. Hervé attira l'attention du Poulpe en sifflotant *l'Internationale* et les deux captifs, accroupis dans la pénombre, reculèrent en crabe jusqu'à leurs sauveteurs. Sans demander leur reste, tous se hâtèrent ensuite vers la sortie et s'engouffrèrent dans la

4L fourgonnette qui les attendait. Par le pare-brise arrière, ils eurent encore le temps d'apercevoir Goubels, ivre de rage, qui hurlait après ses gorilles et tentait vainement de retenir les fuyards en zoomant sur eux l'objectif de son caméscope.

– Merci les gars, c'était moins une ! soupira Gabriel en se rhabillant. Je commençais à voir ma vie défiler…

Et encore du nouveau

« … Évangile selon saint Mathieu, chapitre 7, verset 6 : Ne donnez pas aux chiens ce qui est saint, ne jetez pas vos perles aux pourceaux, de peur qu'ils ne les piétinent et ne se retournent pour vous déchirer… »

– Drôle d'endroit pour une rencontre…

– Le coin est devenu dangereux pour moi, ces derniers temps. Dans ma situation, le sein de l'Église est encore le meilleur des refuges…

Le Poulpe quitta des yeux le vieux prêtre qui officiait en aube blanche et adressa un discret sourire à sa jolie voisine, sanglée dans un imperméable argenté.

– Alors, Vanessa, avec qui as-tu couché cette fois-ci ?

– Parle moins fort, Gabriel… J'ai passé la soirée avec l'Italien… l'associé de Murdoch, Giacomo Paretti…

– C'était bien ?

– C'était dans l'intérêt de l'enquête… Comme je le sentais, Pamela Murdoch, la femme du député a une liaison avec Le Gall, le patron du Crédit agricole... D'après l'Italien, il la manipule, d'un côté pour obtenir de l'argent du père, l'industriel, et de l'autre, pour orienter les décisions du mari en faveur de son mouvement politique... Le rêve de la fille Murdoch c'est d'être femme de ministre... tu vois le genre... Elle pense que Gilles Le Gall et ses amis peuvent l'aider à y parvenir rapidement...

– ... Elle joue avec le feu...

– Paretti m'en a aussi raconté davantage sur ses activités avec Robert Murdoch.

– Je t'écoute, fit Gabriel, définitivement agacé par le talent d'informatrice de la miss Bouchardeau.

– Leur produit-miracle s'appelle le G-Mix ou Glaxo-Mixine. Paretti l'importe de Pologne... Grâce à Le Gall et Guillaume, ils le vendent maintenant aux gros éleveurs...

– Je sais... Moi, j'ai failli y laisser ma peau pour le découvrir, soupira Gabriel soudainement jaloux des voluptueux attributs de Vanessa. Et cet argent profite au Front national, je présume...

– Exact. Guillaume prend cinquante pour cent du chiffre...

« ... Pardonne-nous nos offenses comme nous pardonnons à ceux qui nous ont offensés, ne nous soumets pas à la tentation, mais délivre-nous du mal, Amen... »

– Je me demande ce que tu as dû lui faire, au latrines-lover, pour lui arracher ces confidences...

La jeune femme se signa avec conviction.

– Oh, pas grand-chose, une petite gâterie dans sa Lamborghini... à deux cents kilomètres heures...

– Chut ! fit une vieille racornie en levant le nez de son missel.

– Il m'a proposé du travail, lui aussi, reprit Vanessa, un job dans la production de spectacles de charme… mais je n'ai pas confiance…

– Si tu veux mon avis, une fois dans les griffes de ce type, tu te retrouves en moins de six mois sur une scène de Hambourg entre un âne et un verrat…

– Possible. De toute façon, je m'en fiche, je vais quitter *Porc Magazine*…

– Ah bon ! Boisjoli te bascule sur *La Revue du taureau*… ?

– Pas du tout. Il y a trois semaines à Paris, j'ai rencontré un directeur de Canal + au restaurant les Chandelles. Il m'a téléphoné hier soir pour me proposer d'être reporter sur le *Journal du hard*… Ça m'éclate complètement !

– Décidément, on n'en sort pas…

– Qu'est-ce que tu veux, Gabriel… Comme disait ma grand-mère, on tombe toujours du côté où on penche… À la réflexion, je préfère les cochonneries à la cochonnaille.

« Le Seigneur soit avec vous... et avec votre esprit... Allez dans la paix du Christ... »

– C'est la fin de la messe… Ah oui ! j'oubliais… J'ai subtilisé au fils Murdoch la liste de tous ses clients pour le Glaxo bidule… Tiens, ça peut toujours être utile… Je te laisse… À demain au château de Bien-Assis ; fais-toi beau !

Gabriel regarda la tornade blonde se frayer un chemin à travers la petite foule de pénitents, puis, quelques instants plus tard, passa à son tour le porche de l'église de Pléneuf en proie à un certain malaise.

Elle m'énerve... elle m'énerve..., rumina-t-il en enfourchant sa bicyclette rouge. Par moments, à côté d'elle, j'ai l'impression d'être le dernier des pauvres types. Il faut que je réagisse...

Le bras de la justice frappe une première fois

– Hé, les beautés ! vous savez nager ?

Les deux fausses blondes allongées sur le pont du Hudson 40 émergèrent vaguement de leur somnolence.

– Ouais... pourquoi ? fit l'une en remontant ses lunettes de soleil.

– On est des filles de la mer, qu'est-ce que vous croyez..., ajouta l'autre en tirant sur les bords de son monokini.

– Ça tombe bien alors, reprit Robert Murdoch, parce qu'avec mon pote Giacomo, on a besoin de se retrouver seul à seul pour causer business...

En un instant, et avant qu'elles pussent réagir, les deux Briochines ramassées la veille dans une boîte de nuit de la côte furent précipitées par-dessus bord.

Leurs efforts pour rester en surface ainsi que leurs cris apeurés provoquèrent l'hilarité des deux hommes.

– Et alors ! leur cria le play-boy empâté, je croyais que l'eau de mer, c'était l'élément naturel des morues... !

– Lé port dé Binic n'est qu'à oune démi-heure dé crawl, pas plous... ! plaisanta le cruel Palermitain en rajustant son complet blanc. Avanti ragazze !

Abandonnant les malheureuses à leur infortune aquatique, les deux hommes descendirent dans la grande cabine où les attendaient des affaires plus sérieuses.

– Mainténant, Bob, montré-moi l'argent, fit Paretti en se frottant les mains.

Robert Murdoch se rendit au coffre-fort derrière le bar et en revint quelques secondes plus tard avec une petite mallette qu'il ouvrit sous les yeux brillants du Sicilien.

Des dizaines de liasses à l'effigie de Pierre et Marie Curie y étaient soigneusement empilées.

– Regarde, mon pote ! Quel pied ! exulta le fils de l'industriel. Cent plaques ! cinquante pour toi, cinquante pour moi... Deux cents briques de cash en une semaine !

– Macché ! s'extasia Paretti. I'ai le cœur qui bat comme oune jeune vierge dévant oune érectione... Ché dommage ché Guillaume nous taxé la moitié...

– Eh ouais, man, je sais bien, mais sans lui comment on les aurait, nos entrées chez les bouseux ? T'en fais pas, un de ces jours, je finirai bien par le squeezer, cet empaffé... !

Une sonnerie de téléphone interrompit soudain la conversation.

– Allô ? Mummy... ! Quoi ? Oui, j'ai pris le pull Lacoste bleu... Tu me l'as déjà demandé ce matin... S'il te plaît, arrête de m'appeler toutes les heures... J'ai trente-deux ans, maman, tu le sais ? ... Non, je ne rentre pas ce soir... Allez, laisse-moi tranquille maintenant, je suis en plein business...

– Excuse vieux, soupira le fils Murdoch en rangeant son portable. Tu sais ce que c'est...

L'Italien eut un sourire narquois.

– I'é comprends Bob. La mienne est pareille. À propos, i'ai oune autre idée pour outiliser lé G-Mix. Au dernier Hot d'Or dé Cannes i'ai rencontré beaucoup dé professionnels dou cinéma porno. Cé qui cartonne auyourd'houi, c'est plous lé gang-bang ni les écolières en yupette ma c'est l'amour avec des vieilles, ti giuro Bob... En Allémagne, ça fait déjà oune malheur ! I'é connais par mon père plousieurs puttane des années quarante et cinquante qui féront des merveilles avec lé G-Mix. En plous, Rocco Bugatti, lé meilleur comédien actouel, est d'accordo pour tourner avec Vermeil Productions.

– Putain, Giacomo, t'es un vrai génie ! s'exclama Robert Murdoch. On va décrocher tous les prix à Cannes. Avec le G-Mix, c'est in the pocket...

Les deux hommes s'étaient levés pour se congratuler lorsqu'un concert de sirènes venant de l'extérieur troubla brusquement leur félicité.

Par le hublot ils aperçurent avec effroi une flottille de dix chalutiers qui faisait cercle autour du navire de luxe.

– Mamma mia, ma ché sé passe-t-il ?

– C'est un piège, il faut s'en aller... Viens vite, hurla Murdoch en remontant précipitamment sur le pont.

Une voix grêle provenant d'un mégaphone les accueillit à leur arrivée au poste de commande.

« Robert Murdoch et Giacomo Paretti, dans votre intérêt, rendez-vous sans résistance. Nous sa-

vons tout de vos activités illicites et nous avons les preuves de votre culpabilité. Nous vous assurons qu'une fois à terre, vous serez remis entre les mains des autorités compétentes...»

Poussé par la peur, Robert Murdoch tenta à plusieurs reprises de forcer le barrage mais en vain car les chalutiers entourant le bateau de plaisance étaient disposés de telle manière qu'ils ne lui laissaient aucune échappatoire.

Après une ultime manœuvre infructueuse, le jeune homme tenta de joindre sa mère sur le portable, mais celle-ci, vexée par son attitude quelques instants plus tôt, lui raccrocha au nez.

– Fuck ! fuck ! fuck ! nous sommes fichus, se lamenta-t-il, ils vont nous attraper !

– Toi peut-être, crétino ! rétorqua l'Italien dans un rire méchant, ma sourement pas moi...

Paretti arracha le portable des mains de Murdoch et l'assomma d'un violent coup à la tempe. Il descendit ensuite chercher l'attaché-case dans la cabine puis dégagea le zodiac de ses sangles. Une fois la petite embarcation à l'eau, il lâcha tous les gaz et tenta une percée entre deux navires légèrement écartés l'un de l'autre.

C'était compter sans le chalut qu'un des équipages ne manqua pas de lui lancer pour stopper sa course.

Prisonnier des mailles du filet, le canot pneumatique et son pilote furent remontés ruisselants à bord du bateau de pêche sous le regard attentif d'un petit comité d'accueil. Le grand brun frisé qui le présidait s'empara aussitôt de la mallette aux millions pour un partage ultérieur.

– Benvenuto salopard ! fit le Poulpe. Tu n'as pas le bonheur de nous connaître mais nous on te connaît trop bien. Il est temps pour toi de rendre des comptes !

En plus de Lucien et de ses amis pêcheurs qui avaient organisé l'expédition, Gabriel était entouré d'Hervé, ainsi que des deux fausses blondes repêchées miraculeusement.

Celles-ci, grelottant sous un ciré jaune, devinrent hystériques à la vue de leur bourreau.

– Tu fais moins le malin maintenant ! hurla la première en lui crachant au visage. On va s'occuper de toi, vermine !

– On va t'écrabouiller ta sale gueule de Rital ! éructa la seconde.

Pris de panique devant ces promesses homicidaires, Giacomo Paretti s'arracha à ses gardiens, enjamba le bastingage et se jeta à l'eau.

– Chacun son tour... ! lâchèrent les deux femmes en furie.

Le spectacle offert au petit groupe resterait sans doute longtemps inscrit dans les mémoires.

Happé par l'hélice du moteur de cinq cents chevaux, le corps de l'Italien avait été déchiqueté par les pales et un affreux mélange de chairs et de sang refluait en surface.

Effarées par leur propre cruauté, les deux femmes se vomirent l'une sur l'autre.

– Attention, cria soudain un marin-pêcheur, y'a l'autre qu'essaie de passer !

À quelques dizaines de mètres de là, le Hudson 40 venait de se lancer à pleine vitesse en direction de la petite armada.

Robert Murdoch revenu de son évanouissement cherchait en effet à profiter d'une vigilance relâchée pour passer en force et fuir cet endroit maudit.

Il était sur le point d'y parvenir lorsque son bateau heurta par le flanc droit la coque arrière d'un des chalutiers et, déséquilibré, alla finir sa course folle contre un groupe de récifs.

En quelques secondes, homme et navire disparurent de la surface des flots.

– Un si beau bateau… ! soupira Gabriel.

Partie fine en pays gallo

« Mesdames et messieurs, c'est avec fierté et optimisme qu'après le dernier salon de l'Agriculture et la journée nationale du 14 mars au Palais des congrès de Paris, notre Fédération célèbre aujourd'hui son cinquantenaire à Pléneuf Val-André, dans les Côtes d'Armor, sous le haut patronage de monsieur Jean-Marc Le Flur, député de notre circonscription, et de monsieur le préfet, Alain Christabend.

Je remercie tout particulièrement monsieur et madame de Kermenegu pour leur accueil dans ce merveilleux château de Bien-Assis, ainsi que le directeur de la caisse régionale du Crédit agricole, monsieur Gilles Le Gall, pour son concours à l'organisation de cette soirée exceptionnelle. »

Martin Guillaume s'éclaircit la voix puis reprit le fil de son discours devant les quelques centaines de notables, éleveurs et journalistes rassemblés dans le grand salon du château pléneuvien.

« De la ferme à l'entreprise agricole, de l'auto-

suffisance alimentaire à l'agriculture mondiale, de l'intensification des cultures à la recherche permanente de la productivité, en cinquante ans, l'agriculture française a accompagné les grandes mutations de notre beau pays de terroirs...»

– Regarde, Gabriel, fit Vanessa, ceux-là, ce sont les directeurs commerciaux de Contrex, d'Évian, et de l'eau de Plancoët.

– Ils boivent du petit-lait, en Bretagne, tous ces vendeurs d'eau...

« ... et je conclurai mon allocution en rappelant simplement ce mot d'un grand personnage de l'histoire de France : La terre ne ment pas. *Bonne soirée à tous ! »*

– ...Tiens, et là à côté du député, c'est mon boss, Boisjoli, enfin mon futur ex-boss. Tout à l'heure, il a dit qu'il voulait me parler... Je crois qu'il sait tout à propos de notre imposture chez Le Gall. On marche sur des œufs, Gabriel, tout le monde ne nous veut pas du bien ce soir...

– Tant qu'il y a la télé et qu'on reste en pleine lumière, on est tranquilles. Ces salopards ne risqueront rien contre nous... Ils ont trop peur de gâcher leur jolie soirée. Et le gros joufflu en costume croisé, là, c'est qui ?

– William Murdoch, l'industriel, avec sa femme. À droite, la brune qui est couverte de bijoux, c'est leur fille Pamela, la femme de Le Flur.

– Il ne manque que le fils à l'appel, on dirait..., observa le Poulpe, sarcastique. En tout cas, l'épouse du député, je la trouve sacrément excitante.

Un léger frisson parcourut soudain la petite foule de privilégiés.

– Tu as vu, s'écria Vanessa le regard brillant, celui qui monte sur scène, c'est Julien Lepers de la télé !

– Pas possible ! fit Gabriel.

« ... Bonsoir à tous, amis bretons... C'est avec un immense bonheur que je vais maintenant animer pour vous, à l'occasion du cinquantenaire de la FNSEA, un spécial Questions pour un jambon *» !*

De grands rires fusèrent dans la salle et les éleveurs de porcs, massés autour du somptueux buffet, se poussèrent lourdement du coude en remplissant leur ballon de mouton-rothschild 82.

« ... J'ai besoin, mesdames, messieurs, de quatre personnes, allons, allons... n'oubliez pas que le sponsor de notre jeu, la société Cochoneau, offre au gagnant ou à la gagnante de ce soir son poids en charcuterie... Eh oui ! madame près du buffet, je le répète, votre poids en charcuterie... »

Le visage de la Goulue, surprise à ingurgiter une épaisse tranche de foie gras, se couvrit d'un rouge inhabituel pour elle.

– Viens, on va participer, souffla le Poulpe à sa voisine…

– Quoi ? Mais tu pètes les plombs, Gabriel…

– Allez, lève la main je te dis… Sur scène, il ne peut rien nous arriver…

« Mademoiselle, monsieur... très bien... allons, encore deux joueurs... monsieur ? parfait... Il nous faut encore une quatrième personne, ne soyez pas timides... je vais devoir la désigner... »

Un projecteur balaya le public et s'arrêta sur un homme sec, vêtu d'une veste en cuir noir.

« Monsieur... je vous en prie, venez nous rejoindre... »

Joseph Goubels hésita, puis, de peur de passer pour un lâche, monta finalement sur le podium.

– Comment vas-tu, mon petit Joseph ? fit Gabriel en lui tapotant sur l'épaule. Ça faisait longtemps…

– Tu es mort, lui glissa celui-ci sans desserrer les mâchoires.

« Présentez-vous, messieurs-dames…

– Gustave Le Hégarat, j'suis éleveur de porcs.

– Vanessa Bouchardeau, je suis chef de publicité à Porc Magazine.

– Charmante, Vanessa… et vous monsieur ?

– Joseph Goubels, je dirige la section locale d'un grand mouvement politique.

– Gabriel Lecouvreur… je combats ce mouvement politique…

– Ah ! ah ! ah ! la bonne humeur est au rendez-vous de ce soir, mes amis ! … Sans attendre, la première question : quel est le nombre de porcs bretons ?

– Huit millions…

– Bravo Gabriel !

– … huit millions de porcs, c'est-à-dire environ douze millions de tonnes de lisier rejetées chaque année dans les rivières bretonnes et 80 % des réserves d'eau polluées…

– Eh bien, quelle science… »

Le public crut mal entendre et applaudit machinalement le Poulpe.

« Tout de suite notre deuxième question, très facile : certaines communautés religieuses, quel dommage pour vous messieurs les éleveurs ici présents, proscrivent la viande de porc de leur alimentation, lesquelles ?

– Les juifs et les bougn... musulmans ! s'écria aussitôt Goubels.

– Excellent, Joseph, vous avez été le plus rapide.

– Si vous insistez, Julien, lança Gabriel tout excité, il peut même vous donner les noms et les adresses... Il tient des fichiers...

– Ah ! ah ! ah ! de l'humour, toujours de l'humour, reprit le gentil animateur. »

Une grande partie de la salle applaudit à nouveau, convaincue que le Poulpe et Goubels avaient combiné leur numéro.

« Et maintenant, sans tarder, notre troisième question, soyez attentifs, c'est une question très pointue : quel est le gain de poids moyen par jour du Landrace français mâle entre 35 et 90 kg... ?

– Ça, je l'sais ben, répondit sans hésiter l'éleveur, neuf cents grammes !

– Félicitations Gustave, c'était la bonne réponse...

– Eh, mais attendez, Julien, intervint à nouveau Gabriel, ça dépend si monsieur utilise du Glaxo-Mixine comme tous ses collègues... Parce que dans ce cas-là, c'est beaucoup plus... »

Un silence assez pesant s'empara de l'assistance et les éleveurs du bar, leur verre de grand cru à la main, se rapprochèrent, incrédules, du podium.

– Vingt dioux, c'est qui c'te gars ? grommela un rougeaud bedonnant.

– C'est du lard ou du cochon ? se demandaient la plupart.

« Votre connaissance du sujet nous en bouche tous un groin, Gabriel ! » s'exclama Julien Lepers qui ne percevait rien du malaise naissant.

– Arrête, supplia Vanessa. On ne sortira jamais vivants d'ici…

– Je t'ai impressionnée, ma jolie, hein, avoue…

– C'est toi le plus beau, c'est toi le plus fort, ça te va… ? Alors, maintenant, mets-la en sourdine s'il te plaît… J'ai pas vocation au martyr, moi ! Jeanne d'Arc et l'évêque Cauchon, c'est bon pour les manuels d'histoire…

À la grande satisfaction du public, l'agitateur dégingandé se calma et le jeu put alors reprendre un cours normal.

La jeune femme fut éliminée par une question ayant trait à la fécondité des truies gasconnes et Gabriel échoua, lui, sur le mode de fabrication des rillettes.

Déclaré vainqueur, l'éleveur se vit offrir le grand prix Cochoneau, cent dix kilos de saucisses, ainsi que la bise de Julien Lepers et sa photo dans *Ouest-France.*

Le Poulpe et Vanessa profitèrent de la petite cohue de fin de jeu pour s'enfuir à la dérobée dans les cuisines et filer par la fenêtre jusqu'à la grange voisine, évitant ainsi les nombreux cerbères du FN.

Muni du Pig-pass, ils franchirent une petite porte blindée à l'arrière du bâtiment, qui leur ouvrit l'accès à des vestiaires individuels.

Ils en sortirent quelques minutes plus tard, travestis comme il convenait pour cette seconde partie de soirée.

– Ça va bientôt être à nous de jouer, Vanessa, déclara le Poulpe. N'oublie pas qu'à partir de maintenant, tu t'appelles Peggy et moi Babe. Anonymat oblige…

– Entendu, mon petit nourrain adoré !

Gabriel et Vanessa abaissèrent sur leur visage le masque porcin trouvé dans la cabine et, simplement couverts d'un voile de tulle rose, se rendirent dans un grand espace spécialement aménagé pour la circonstance.

– Bonchoir mechieurs-dames, fit l'un des deux énormes doormen déguisés. Ch'echpère que vous challez vous amucher…

– Ze vous zouhaite une bonne zoirée ! ajouta l'autre.

– On se demande bien pourquoi ils portent un masque ces deux-là, glissa Gabriel à la grande oreille tombante de Peggy.

Ce qui frappa d'emblée l'attention du couple clandestin fut, disposée au centre de la vaste pièce, une imposante cage dorée abritant les deux porcs anabolisés de sinistre mémoire.

– J'hallucine ! s'exclama la jeune femme, qu'est-ce que c'est que ces monstres… ?

– Peggy, je te présente Bongo et Bokassa… mille huit cents kilos de tendresse à eux deux, c'est le résultat du Glaxo-Mixine…

Des paniers remplis de viande rouge avaient été placés près des barreaux, à l'intention des amateurs de sensations fortes.

– Et ces filles qui font le service, tu as vu, Babe, elles sont toutes antillaises, on dirait ?

– Exact, c'est le trafic dont je t'avais parlé. Apparemment, ils les mettent aussi à contribution pour leurs soirées chaudes.

Les jolies métisses au sourire triste accueillaient chaque nouvel arrivant, en lui offrant des amuse-gueules et des rafraîchissements. Ces Joséphine Baker à la sauce armoricaine ne portaient pour tout vêtement qu'une ceinture d'épis de maïs et des marguerites dans les cheveux.

– Y'a bon ! nom de Diou, s'écria un vieux paysan en glissant ses doigts calleux sous le sein délicat d'une de ces malheureuses.

Cinquante ou soixante happy few étaient à présent réunis dans la pénombre, tous accoutrés de la même ridicule manière.

Aucun n'osait engager avec ses voisins une conversation prolongée qui eût risqué de le trahir, de sorte que cet hypocrite petit monde s'abandonna rapidement au mélange anonyme des humeurs et des chairs.

Pendant quelques minutes, le Poulpe et sa compagne, déambulant parmi les bêtes à deux ou trois dos, se plurent à mettre un nom sous les groins de plastique. Ce qui était assez aisé pour la Goulue ou William Murdoch le fut bien moins pour Goubels et Le Gall, dont l'emblème d'Occident avait presque entièrement disparu de leur épaule.

– Il ne faut pas rester sans rien faire, suggéra Gabriel, sinon on va se faire remarquer.

– C'est pas de refus, répondit la jeune femme en détachant son voile de tulle, je trouve d'ailleurs tout ça plutôt excitant... Évite seulement de crier mon prénom pendant les hostilités...

– Et toi, cache tes cheveux blonds, je te signale qu'ils dépassent...

Les deux amants à figure de porc s'allongèrent sur les grands coussins de soie rose.

Ils s'abandonnaient déjà à un début d'exaltation

lorsque Gabriel se redressa brusquement en tendant l'oreille.

– Je t'abandonne un instant, Peggy... Dans ce bruit de quincaillerie, je crois reconnaître la femme de l'estimable Le Flur... Ça me démange trop...

Le Poulpe localisa très vite la femme dont les colliers et bracelets tintaient si fort. Il écarta sans trop de ménagement le vieux cochon indolent avec lequel elle était en commerce et prit aussitôt sa place, à la grande satisfaction de l'intéressée.

– Hrrr ! hrrr ! hrrr ! grogna-t-elle sous son masque, je suis une belle truie !

Moi qui ai toujours rêvé de me faire la femme d'un politicien de droite, songeait Gabriel, quel délice...

Après quelques minutes d'un joyeux rodéo porcin, une sourde inquiétude commença pourtant à le gagner : Vanessa.

– Hrrr ! hrrr ! hrrr !... continuait Pamela Murdoch-Le Flur. Oh, oui, mon beau verrat... dis-moi des horreurs !

– Désolé, fit le Poulpe en s'arrachant à la mangeuse de glands, mais je n'aime pas dire du mal de truie...

Il rejoignit sa place initiale mais la jeune femme ne s'y trouvait plus.

– Peggy... ! Peggy... ! cria-t-il à tue-tête parmi les corps enchevêtrés, mais aucune voix ne lui fit écho.

Le cœur battant, Gabriel quitta précipitamment la salle de débauche et s'engagea dans l'escalier de bois qui menait à l'étage.

En arrivant sur le palier, il entendit des cris provenant du fond du couloir.

– … Chalope, tu vas nous dire où il est, che fiche de pute… !

– … Ze vais t'arrazer les zieux avec les zongles, zi tu nous dis pas lequel z'est…

Le Poulpe s'introduisit en catimini dans ce qui était à la fois une salle de billard et une salle aux armures.

Comme il l'appréhendait, Vanessa avait été démasquée par les jumeaux Goaziou et elle se débattait maintenant comme une diablesse sur la table de jeu, entre les mains des deux sombres brutes.

– Vous me cherchiez ? s'écria le Poulpe en retirant son postiche.

Les jumeaux Goaziou se retournèrent, incrédules.

Connaissant la lenteur d'esprit du binôme, Gabriel se donna presque du temps pour choisir une des lances au-dessus de la cheminée.

Puis, ajustant bien sa trajectoire, il planta de toutes ses forces la pointe de l'arme dans l'œil de Roger. Fou de douleur, celui-ci traversa la pièce en tous sens, défonça une fenêtre puis s'écrasa au-dehors sur une dalle de granit.

Jules, écumant de rage et de désespoir devant la perte de son double, s'avança vers le Poulpe en vociférant.

– … mon p'tit frérot… Azzazzin !

– Toi-même ! fit Gabriel en avisant une boule d'acier cloutée pendue au mur. Ferme les yeux Vanessa, ça ne va pas être joli à voir…

Il fit tournoyer trois fois la sphère meurtrière au bout de ses longs bras et l'abattit d'un coup sur le front du colosse.

– Tiens ! Pour Mathurin, Marie-Annick, Gandhi et les autres…

Frappé à mort, le géant s'effondra sur le tapis vert du billard et de son crâne fendu s'écoula une matière blanche et gélatineuse.

– Ça alors ! fit le Poulpe, de la cervelle…

La jeune femme, quittant l'armoire où elle s'était réfugiée, jeta son corps parfumé entre les bras du justicier.

– Merci Gabriel ! Tu m'as sauvé la vie !

– Ne perdons pas de temps en effusions, Vanessa, l'heure tourne. Il faut redescendre au lupanar pour préparer le terrain…

Où l'on voit que le ridicule peut tuer

– Alors, fit Hervé impatient, on peut y aller ?

– C'est bon, répondit le Poulpe. Avec Vanessa on a défait discrètement tous les verrous.

– Vous êtes prêts derrière… ? Alors c'est parti !!! s'écria Lucien en abaissant le bras.

En un instant, les lourdes portes de la grange s'ouvrirent, des dizaines de projecteurs s'allumèrent, et la petite foule de Pléneuviens rassemblée là depuis une demi-heure s'élança à l'intérieur du bâtiment en poussant des cris d'allégresse.

Saisis en grotesque posture par la lumière et la surprise, les notables se laissèrent docilement démasquer et conspuer par les habitants en joie tandis que les cameramen et les photographes de presse, contactés par Lucien et Hervé, ne perdaient pas une miette de l'étonnant tableau qui s'offrait à leurs objectifs blasés.

Certains paroissiens, nullement en reste, s'étaient munis de leur caméscope familial et tournaient autour des comédiens involontaires à la manière d'un Claude Lelouch mâtiné de Francis Leroi. Voilà qui changerait des Grosses têtes ou des pitreries des Nagui-Lagaf' pour agrémenter les longues soirées d'hiver...

– Regarde celui-ci, fit une jolie brune à son petit ami, c'est Le Flur, le député !

– Et celui-là, avec la mère Le Goff... c'est le commandant de gendarmerie ! Quels beaux cochons, tout de même !

Seuls Goubels, Guillaume et Le Gall, exercés au combat de rue, tentèrent de s'échapper en bousculant brutalement le petit peuple en liesse, mais Gabriel, qui supervisait l'opération humoristico-punitive, intervint promptement.

Il immobilisa le dirigeant syndical en lui assenant un vigoureux coup de genou dans les pendentifs, tandis que le fringant patron de la banque verte se vit, lui, gratifié d'un uppercut désastreux pour son précieux ratelier.

Restait le plus important : Goubels.

– À nous deux maintenant, salopard ! s'écria le Poulpe en le rattrapant près de la cage aux porcs. Il est temps de payer pour tes crimes !

Le regard en feu, le chef nationaliste se retourna et tenta de l'assommer à l'aide d'une béquille arrachée à un vieillard. Esquivant le coup de justesse, Gabriel l'agrippa par la cheville et le fit trébucher. Les deux hommes roulèrent un instant parmi les coussins, s'échangèrent quelques directs bien sentis, puis Goubels, de nouveau sur pied, tenta d'échapper à son adversaire en escaladant la haute cage métallique.

Il y était presque parvenu, lorsqu'un barreau supérieur céda brusquement, le précipitant au milieu des monstrueux suidés.

– Bon appétit ! lança le Poulpe en détournant son regard de l'affreux spectacle. On vous le sert dénudé comme vous aimez…

En quelques instants, sous les hurlements horrifiés des femmes et le crépitement gourmand des flashes, le corps de Joseph Goubels fut dépecé et dévoré par les énormes bêtes à groin.

– Tu n'étais que fumier, déclara Gabriel en guise d'oraison funèbre, et tu retourneras en fumier !

Après cette ultime action de salubrité publique, Gabriel rejoignit ses amis qui l'attendaient devant la grange et entreprit avec eux le partage de l'important butin subtilisé à Giacomo Paretti.

Il donna cinq cent mille francs à Hervé pour soutenir l'agriculture biologique, trois cent mille à Lucien et aux Verts de Bretagne, cent mille à Marinette pour qu'elle et ses amies se paient leur retour dans les îles, et enfin cinquante mille à Vanessa parce que c'était Vanessa.

Lui-même se glissa dans la poche les cent billets restants.

– Je repars à Paris demain, mes amis, je n'ai plus rien à faire ici. Et puis le monoxyde de carbone commence sérieusement à me manquer…, plaisanta-t-il pour masquer son émotion.

– Ce soir, on va tous faire la fête alors ! s'exclama Vanessa, rayonnante.

À cet instant, un caniche au pelage noir et à la queue frémissante vint se frotter contre les jambes de Lucien.

– Il est abandonné, expliqua le vieil écolo. C'est Hervé qui l'a trouvé ce matin sur la route de Lamballe. Je crois bien que je vais l'appeler Martin-Luther…

Changement au menu

Le Poulpe franchit le seuil du Pied de Porc et se dirigea nonchalamment vers l'une des banquettes du fond.

Gérard leva le nez de derrière son comptoir et faillit s'étrangler.

– Bon sang ! Maria… viens donc voir qui c'est qui nous revient !

La brave femme accourut de la cuisine, des assiettes sales plein les mains.

– Oh, Gabriel ! Eh ben ça, pour une surprise !

– Salut la compagnie ! fit simplement le nouvel arrivant en s'affaissant sur la moleskine.

– Alors, comment c'était la Bretagne, pendant ces dix jours, t'as eu du beau temps ? reprit l'épouse de Gérard.

Le Poulpe dut constater qu'il ne s'en souvenait pas vraiment. Ses journées trop bien remplies lui avaient laissé peu de temps pour des observations météorologiques poussées.

– Plutôt, oui… Enfin, dans cette région, faut

quand même toujours compter avec le crachin…

– Et le pauvre gars de la fosse à lisier, t'as découvert quelque chose sur lui ? s'écria le patron du restaurant, un sourire en coin. T'allais en Bretagne pour enquêter, non ?

– J'avais raison, il a été assassiné…

– Eh oui, le Poulpe… mais faut encore le prouver ! J'ai rien vu de nouveau dans la presse à ce sujet… Par contre, en ce moment, il y a des choses plus graves qui se passent là-bas… un scandale pas possible… Personne n'aurait pu se douter d'un truc pareil… Bouge pas, Gabriel, je t'apporte le *Libé* d'aujourd'hui.

Gérard alla chercher l'ancien quotidien d'extrême gauche et l'ouvrit en pages « France ».

– Tiens, regarde, c'est ici. À propos, y'a Cheryl qu'a téléphoné avant-hier. Faudrait que tu penses à la rappeler.

Gabriel parcourut des yeux le grand article illustré et reconnut immédiatement la grange du château de Bien-Assis où s'était déroulée la fameuse soirée.

Les portraits de quelques personnalités locales dont Le Flur, Guillaume, Le Gall, Murdoch et Goubels figuraient également en bonne place.

« ÉNORME SCANDALE
DANS LES CÔTES D'ARMOR

Des hommes politiques impliqués dans un vaste trafic d'anabolisants.

Le point de départ de toute l'affaire a été la célébration du cinquantenaire de la FNSEA à Pléneuf Val-André et l'orgie meurtrière qui s'en est suivie, impliquant des personnalités régionales de premier plan... Un dossier comprenant la liste des éleveurs impliqués dans le trafic ainsi qu'un récit détaillé des événements a été adressé à plusieurs publications par un correspondant anonyme...

... Sur fond d'élevages industriels de porcs et d'anabolisants surpuissants, c'est tout un noyautage des institutions locales par le FN qui se trouve également mis à jour...

... De nombreuses investigations sont actuellement menées dans la région afin de faire la pleine lumière sur tous les détails de cette triste affaire... »

Le Poulpe referma le journal avec un grand sourire de contentement.

– Patron ! J'ai une faim de loup aujourd'hui... C'est quoi ton plat du jour ?

Gérard se lissa les moustaches avec fierté.

– Du jarret de porc grillé, mon grand, tu vas m'en dire des nouvelles...

Gabriel dissimula avec peine un rictus de dégoût.

– Non... une autre fois... Donne-moi plutôt un bon steak-frites...

Pendant une seconde, il eut devant les yeux l'image des gorets anabolisés dévorant l'infâme Goubels.

Un vieux proverbe chinois lui revint alors en mémoire : *« Vous ne pouvez pas empêcher les oiseaux de la tristesse de voler au-dessus de votre tête mais vous pouvez les empêcher de faire leur nid dans vos cheveux ».*

À PARAÎTRE

Le Poulpe
177. Cédric Suillot - *Goulasch-moi les baskets !*
178. Sophie Loubière - *La petite fille aux oubliettes*

Instantanés de Polar
179. Eve Derrien - *Journal de la fin du monde*

Canaille/Revolver
180. Pierre Cherruau - *Lagos 666*

Velours
7. Laurence Gavron - *Marabouts d'ficelle*

Macno
16. Fabrice Colin - *Shoot again*

Cet ouvrage a été imprimé
sur presse Cameron
par ***Bussière Camedan Imprimeries***
à Saint-Amand-Montrond (Cher)
en octobre 1999

– N° d'édition : 39647 – N° d'impression : 994506/1. –
Dépôt légal : octobre 1999.

Imprimé en France